たとえ君の手をはなしても

沢村　基

集英社文庫

たとえ君の手をはなしても

プロローグ

ツナギの作業着を着て黒いゴム長靴を履いた小男が立っている。水色の汚れた作業着だ。彼は右手に持った手製のおもちゃを、目の前の少女に向けている。

四階まで吹き抜けになったフードコート。はるかに遠いガラスの天井から差し込む正午の陽(ひ)が、男の顔に影をつくる。

青白くむくんだ顔。パソコンや携帯の画面を凝視しすぎた小さな目は、しょぼしょぼとくぼんで、ふちに目やにがついている。

二メートルほど離れて対する少女は、腰まですっぽり隠れる白いモヘアのセーターを着ていた。足もとは黒色のタイツと足首までのショートブーツ。毛足の長いセーターの首のまわりには、雪の結晶形のカットビーズが光っていた。ロングヘアの毛先が、乱れ散って胸の前を飾っている。小ぶりの胸が、呼吸にあわせて激しく上下する——少女は怯(おび)えていた。

男の手には、奇妙な銃器があった。銃床は黒いプラスチック製。細長い銃身は透きとおったアクリルの筒だった。銃身の根元にはびっしりと銅線が巻いてあり、赤銅色に輝くコイルになっていた。銃身の下部には、ジュースの缶ほどの太さがある円筒形の黒いコンデンサが四つ並ぶ。一見したところ、金属弾を発射できるような凶悪なものには見えなかった。

しかし充電された千マイクロファラッドのコンデンサは、四つの円柱のあいだに、ゆらゆらと危うい陽炎(かげろう)をたちのぼらせている。

男が叫ぶ。ヒステリックな口調で自分の不遇を訴えている。宗教家のようなおおげさな言葉で、この世の理不尽をなげく。

なにもかも間違っている。だから生贄(いけにえ)が必要だ。

自分のほうが被害者なのだと、誰かに言い訳するように。

手製のコイルガンに充電された電気エネルギーは行き場もなく、じりじりと熱を持っている。どこにも逃げ場はない。誰かに放たれなければ、もはやひっこみがつかない。

ショッピングモールのフードコートは静まりかえっていた。床に黄色の紙切れが落ちている。来月から始まる歳末福引きの補助券だ。

聴衆の冷ややかな態度に耐えられなくなったのか。それとも少女がくり返す命乞いにうんざりしたのか。男は前ぶれもなくプラスチック製のトリガーをひいた。

人ひとり、かるく感電死させられる高圧電流がぐるぐると銅線をまわり、コイルに強力な磁力を生む。

磁力にひきつけられた細長い弾丸は音もなく銃身の中を走った。ボウガンの矢を短く切ってとがらせた、細長いプロジェクタイル（弾丸）だった。

し、と空気をきる音をたてて、カーボン製の矢じりは銃口の先にいた少女の左目に突き刺さった。

すぱん、水風船の破れるような音。

十七歳の青い春をうたうとび色の瞳。カーボンの矢はその虹彩を残酷にひき裂くと、一瞬で眼窩を突き抜け、脳幹に身をうめて止まった。

少女の細い首は折れた小枝のように不自然な角度に仰向き、体はマネキンのように立ったかたちのまま倒れていった。空中にすらりと赤い糸がひかれ、次の瞬間しずくになって床をたたいた。

悲鳴もあげず、一滴の涙もこぼさぬまま、自分の姉が即死したとき――少年はそこにいなかった。

「透！　ちゃんと手をつながなきゃダメでしょ」

幼いときから、透がもたもたして周囲から遅れるたびに、姉の光はふりかえってそう怒鳴った。高圧的な態度。たった二年先に母親の腹から飛び出してきたことがそんなに偉いのだろうか、といつも透は不満だった。

しかしそれはやはり、自分が守るべき姉との約束だったのだ、とその日、姉の遺影を抱いた透は妙に納得していた。

目を泣きはらした両親とともに、黒塗りの霊柩車の前で告別式の参列者に深々と頭をさげる。

影のような喪服姿の群れが、晩秋の陽に照らされている。その奥から、射かけてくるように身を乗りだすマスコミ。突き出されたカメラの望遠レンズがぴかり、ぴかりと日光を反射する。

住宅街に、慟哭のようなクラクションが響いた。

鼓膜が圧迫されるような音の中、透は昨日の通夜から泣き続けてぶよぶよにふやけた脳みそで、ぼんやりと考えていた。

姉ちゃん、あのとき、手をつないでなくてごめんね、と。

【1】

「速報！」

　二年五組の教室に生徒が駆けこんできた。体育の教科係だ。野球で鍛えた腕が、ぱあん、といい音をさせて扉を閉めると、反対側の窓ガラスが一斉に揺れた。

　始業前のざわめきがそれで一瞬中断される。男子生徒は教壇にあがり、黒板に一枚の紙をマグネットでとめた。

「クラスマッチのチーム分け、決まったぞ！」

　教室の視線が集中する。階段を駆けのぼってきた生徒は得意げな顔をしたまま、足を開き膝に手をついて肩で息をしている。

「クラスマッチ？　いつだっけ？」

「ずっと先だよ。夏休みのあと」

「なにやんだっけ」

「このまえ決めたじゃん、男子も女子もバレーボールでしょ」

ニュース性がうすいと判断した大半の生徒は、それぞれのしていたことに戻った。グループでの談笑、ゲーム、開いたままの漫画雑誌。夏休み前のうわついた空気が再びその場を支配した。

それでも何人かの生徒は、興味ありげに教壇にのぼってチーム分けを確認しにいった。こういうときにクラスに貢献して目立つことのできる生徒たちが、自分の出番を確認しているのだろう。

ひとりが不満の声をあげた。

「なにこれ、すっげえかたよってる」

「マジかよ。これ森センが決めたの？」

「やっべえ、うちアレがいる」

「アレかあ」

ひひ、とひとりが笑った。

「あーあ。超不利じゃん。これじゃ、一回戦敗退決定だろ」

数人で聞こえよがしに言って、教室の真ん中近くの席に目をやった。

そこに、アレの席がある。

青山（あおやま）透。ひどく痩せている青年は、机の上に背中を丸め、聞こえていないふりをしてスマートフォンの画面をみつめていた。

透は、ちょっとレトロな感じのする黒縁の眼鏡を押しあげ、まっすぐおろした前髪の隙間から、小動物が巣の外をうかがうようにあたりを見た。異様に細い体の両脇で、ワイシャツの余った身幅が透けている。

のれんをくぐるように、指先でレンズの前の前髪をかきわけて教壇のほうを見る。とくに慣るわけでもない。こんなとき、あからさまに存在を迷惑がられることに、透は慣れてしまっていた。

単純に運動神経の問題ではなく、自分のコミュニケーション能力のなさが招いている事態なのだと、どこかで自覚してもいる。しかし、今さら自分のキャラや立ち位置を変えようという気力もない。

このままでいい。クラスのなにかがうまくいかないことの原因として、陰口を言われているくらいでちょうどいい。

（僕は誰かの期待に応えられるような人間じゃないから）

すぐにそう考えるのは、透の癖のようなものだ。冷めたあきらめは、自分の心を守るための厚い殻だった。

それよりも透は、さきほど届いた着信通知のほうが気になっていた。

「subject：成功報酬」

この前引き受けた仕事の報酬が決定したようだ。

透はスマートフォンの画面に触れ、メッセージアプリケーションを開いた。

ある組織からの仕事の受注と打ち合わせのために、指定されたアプリケーションをダウンロードしていた。画面構成や操作性は、よくあるメッセージアプリと変わらない。

グループトークに新しいメッセージが入っていた。


リブラ＞＞Ｊ３０５無事成功。

リブラ＞＞ウィルゴへの報酬は指定口座へ振込完了。

リブラ＞＞Ｊ３０５はこれにて終了。本メッセージが既読になりしだい、グループトークを解散します。


Ｊ３０５。冒頭のアルファベットと数字は透の関わった仕事のジョブ名だ。無事に終了したという検証報告だった。

発信者はリブラ。登録しているフリーランサーたちはみな匿名でやりとりをする。透のコードネームは乙女座を意味するウィルゴだ。天秤座のリブラは、他のランサーたちを管理する立場にあった。ランサーの仕事内容の可否を判断するのも彼の役割だ。

透は、新学期早々に関わった案件を思い出した。

渋谷のファストフード店で中年男と待ち合わせた。ある人物になりきり、「金はありったけ用意するから、データを消去してほしい」と交渉するのが透の仕事だった。

透が泣き出しそうな顔ですがりつくと、男は「少し待っていろ」とスマートフォンだけを持ち、店を出ていった。そして、そのまま透の前には戻ってこなかった。食べかけのチキンナゲットとコーラ、安物のライターとつぶれかけたたばこの箱が男のトレイに残っていた。

後日、透は新聞の三面記事でその男の顔写真をみつけた。

かつて池袋駅周辺のJKビジネスで儲けた人物で、当時働いていた少女たちの個人情報を質にとって、恐喝をくり返していたらしい。

記事によると、若い女性を相手に金品を要求する様子を隠し撮りした実況動画が、リアルタイムでネットにアップされたという。「誰か助けて」というメッセージとともに。場所はもちろん渋谷のファストフード店。スモークガラスで仕切られた喫煙席の片隅で、少女の顔は映っていなかった。危機感を煽られた視聴者がSNSでさかんに拡散したため、警察も黙ってはいられなかったようだ。

透はスマートフォンの画面に表示された「成功」の文字にほっと息をついた。

(そうか。あれでよかったんだ)

正体を見破られ、逃げられてしまったのではないかと、内心気が気ではなかったのだ。

きっと店の中に、別のランサーがまぎれていて撮影していたのだろう。斜め向かいの席に座っていたサラリーマンだったかもしれないし、横にいた予備校生風の若者だったかもしれない。あるいは従業員のひとりだったのか——透はともに仕事をした仲間の顔も名前も知らないのだった。

数日後に出た後追い記事では、管轄署からの発表で、話題になった例の動画の少女も配信元も特定はできなかったが、他に被害を受けた女性たちから事情聴取ができたので刑事事件として立件する方針だということだった。ずいぶん手回しがいいんだな、と透は感心した。まるで最初からこうなることを知っていた人がいるみたいだ。

表だって訴えられない人々に代わって人目をひく役割を演じた誰かと、それをサポートした誰か。みんな匿名のまま仕事をして秘密裏に報酬を受け取る。

教室の扉が開く音がした。教壇にあがっていた生徒たちが、ぱっと散った。椅子をひく音がいくつも重なる。

「おーい、もう学活の時間だぞ」

担任の岸(きし)が教壇に上がった。今年教師三年目の若い先生だった。苦笑しながらクラスマッチのチーム分け表を黒板からはがしとる。

透はあわててアプリを閉じ、スマートフォンを鞄(かばん)にしまった。

【2】

「歌舞伎町の違法風俗一斉摘発で保護された女性に、うちの管内の特異家出人に該当しそうな人がいるんです。確認に行かせてください」

辰巳諒子警部補は、上司である重野課長のデスクの前に立った。手には警視庁本部保安課からファックスされた用紙がある。

「やっぱりそうか。辰巳、家族も乗せて行くか？」

重野はチェックしていた書類から目もあげずに答えた。最初から彼女がそう言い出すのを知っていたような口振りだった。

重野は窓を背にして、一番奥の独立したデスクにかけていた。四十代なかば、短い髪にメタルフレームの眼鏡が知的な印象だ。着古した背広にそろそろベテランの貫禄がただよう。手元でチェックしているのは、訪問詐欺の注意喚起のためのチラシだ。このところ管内で高齢者を狙った手口が多発している。来月の防犯月間に各自治会で配ってもらうことになっていた。

北沢東警察署の三階、生活安全課の部屋だった。あとふたり課員がいるが、今は一階受付でご近所トラブルの申し立ての聴取中だ。

辰巳は公務員試験に合格し、警察学校を出て今年で五年目になる。優秀な同期はすでに警部、役職なら係長あたりに昇進していたが、とくに焦りは感じていなかった。

「一応電話できいてみます。ほぼ本人で間違いないとは思うんですが」

いてもたってもいられず、机の島にすえつけられている電話の受話器をとる。書類の積まれた四つのデスクのちょうど真ん中にあった。

「いい嗅覚してるよなあ」

ふと重野が言った。辰巳は手をとめる。

「なにがです?」

「若い女の家出を、特異家出人にして捜査対象にするっていう決断がさ。普通できんだろ」

女の家出なら男のとこってのが定石だろ? とつぶやき、チラシから視線だけをあげて辰巳を見た。そういう発想のない潔癖すぎる辰巳を、軽く揶揄するように片眉をつりあげている。

「課長、そういう決めつけはよくないですよ。浮気して家を捨てる妻の多くは、失踪前に貴金属を持ち出したりします。でも彼女にはそういう予兆はなかったようですし。直前まで娘のピアノ教室を探して問い合わせの電話をかけていたんですよ。失踪は不自然です」

「その良き妻良き母が、歌舞伎町の人妻風俗店で保護されたか」

小さなため息。そして、眼鏡越しに辰巳に鋭い視線を投げた。

「お前、この前北沢西署になに問い合わせた?」

バレたか、と辰巳は内心舌を出した。この上司に隠し事はできないらしい。受話器を置いて、重野に再び体を向けた。

「これでもう都内で三件目なんです。近隣の所轄でも似た事件が起こってます。犯罪歴、放浪癖のない、わりと裕福な主婦が突然消える。そしてどっかの違法風俗で働かされてるのがみつかる。これ、組織的にやってる人間がいるんじゃないかって、私は思ってい るんです」

「根拠があるのか」

「わかりません。でも被害者に特徴を感じます。だいたい、二十代後半から三十代前半の専業主婦。世間ずれしていないおとなしいタイプの人。家でせっせと刺繍(ししゅう)とかパッチワークなんかやってるようなタイプですよ」

「被害者? 被害届は出てないんだろう」

「私は被害者だと思っています。まだ事件になっていないだけです」

辰巳の声に力がこもる。その憤りから目をそむけるように、重野はチラシに視線を戻した。

「どこにでもある話だと思うがな。ちょっとしたことで今の生活が嫌になった主婦が、あとさき考えずに家を飛び出して、結局身を堕とすっていう。嫌な話ではあるが、誰かが仕組んでるなんて少し飛躍があるだろう」

みんながそう思うから今まで放置されてきたのだ。そう辰巳は思った。そしてそれは、仕組んでいる人間の思うつぼなのかもしれない、とも。

重野の言うとおり、平凡な主婦が悪い男にだまされて身を堕とす。あるいは若い男に入れあげて家出する。そんなありがちなストーリーにそって捜査もしてみた。しかし、失踪した彼女たちのまわりに、それらしい親しい男の影はみつからなかった。

幸せそうに暮らしている人間にだって、魔が差すという瞬間はあるだろう。でも、彼女たちがそういう衝動的なことをする人間のようには辰巳には思えなかったのだ。

「お前、仮にこれが組織的なものだという証拠がつかめたら、本店の組織犯罪対策課が動くぞ」

裏に外国人犯罪者グループや広域指定暴力団の影が見えたら、ということだろう。

「上へ話あげてもらえるんですか」

「苦労してもお前の手柄にはならない、という話をしてるんだ。我々には我々のするべきことがある。余計なことをすると組織の和を乱す」

ドラマで見る上司役のような嫌味っぽい重野の言葉は、辰巳の胸には響かなかった。言っている本人の声が、苦い諦観を含んでいるからだ。

私はまだあきらめない、と辰巳は思う。まだ見えない悪党のしっぽを、なんとかしてつかみたい。それが組織を無視したスタンドプレーだと、誰かにそしられるとしても。

辰巳の中には、まだ飼い慣らされていない野犬のような正義感が牙を隠していた。

「上の子には幼稚園をお休みさせてるんです。少し早い夏休みのつもりで。どうせ登園したって、よその親にあれこれ言われるだけですから。幼児だってそういう空気をちゃんと感じるんですよ」

松下(まつした)さやかの母親は車中で辰巳にもらした。疲れきった声だった。

辰巳は、さやかの夫に連絡をとってみたが、仕事中だというので、母親が同行することになった。六十代の彼女は娘が失踪したあと、五歳と三歳の孫ふたりをひきとって実家で面倒をみているという。

新宿署まで迎えに行くと、入れ違いに病院に向かったと説明された。保護された当時、自分のしていたことが警察に摘発されたと知って、かなりショックを受けていたらしい。

辰巳は北沢東署の生活安全課に捜索の依頼がもちこまれたときから、夫が持参した写真でさやかの姿を見ていた。

一枚は二十七歳のさやかが、海の見えるチャペルで、新郎とともに微笑(ほほえ)んでいる写真だ。柔らかな質感のウェディングドレスはネグリジェのようなデザインで、この頃すでにお腹(なか)に第一子が宿っていたという。

二枚目は淡い黄色の着物姿で椅子に座っている写真だ。隣には黒のスーツを着た夫が立っている。さやかはレースでふちどられたセレモニー用の産着にくるまった赤ん坊を抱いていた。二歳ほどの上の子が、胸の部分にヒマワリの花をあしらった派手なドレスを着て、赤ん坊をのぞきこむポーズをとっていた。

どちらもさやかは、パーマをかけた茶色の髪をアップにして、華やかに微笑んでいる。小柄で、リスやハムスターを連想させる丸い目をした童顔の女性だった。

記念写真に残されたさやかの笑顔を見て、辰巳は尋ねた。

「もっと最近のもので、普段の姿に近い写真はないんでしょうか」

夫は少しきまずそうに言った。

「探せばどこかにあると思うんですが……パソコンもデジカメも子供の写真ばかりなんです。僕が忙しいので、妻が子供たちを撮影していて、妻自身の写真がないんです」

その後、家にも出向いた。細長い三階建ての建て売り住宅だった。

キッチンはこざっぱり片付いていて、買い置きの袋菓子やインスタント食品などは見あたらなかった。冷蔵庫にくっついた小さなクリップボードには、園児向けのお弁当のレシピと写真がいくつかとめてあった。彩りよく、目鼻のついた可愛らしいおにぎりなどのアイデアがいくつも載っていた。

　なにか手掛かりとなるものが残されていないか、丹念に本棚やタンスを調べ、残されていたハンドバッグや、服のポケットも探ってみた。

　夫婦の寝室を見せてもらうと、ベッドの脇に段ボール箱があった。

「これは？」

「妻が買っていた資材だと思います」

「資材？　なんですか？」

　辰巳は中をのぞきこんだ。紙の箱が五、六個。そしてクッション材の入った封筒がいくつもあった。ひとつを手にとった。すでに封は切ってあった。中身はストラップ用の金具だった。二、三十個入りの袋が入っていた。他にも、ナスカンや、ピアス用の金具が大量に出てきた。

「妻は、趣味でアクセサリー作りをしていたんです。もともとネイルとか、こまごましたことをするのが好きだったので」

　子供部屋も見せてもらった。六畳半だという洋室には、幼稚園の制服やリュックサックがかかったポールハンガーが置いてあった。入ってすぐ横の壁際に電子ピアノが置かれていて、手作りのキルティングのカバーがかかっていた。

「上の子にピアノを習わせたいと言いだして購入したんです。幼稚園にも音楽教室があるんですが、さやかはもっといい先生がみつかるかもしれないから、とあちこち問い合わせていたようです」

「お嬢さんは年長でしたっけ。今はみなさん早くから習い事をさせるみたいですね」

「僕もまだ早いかなと思ってたんですが。さやかは、自分が年長からピアノを習っていたから娘の舞にも同じようにしてあげたい、と」

窓のあるつきあたりの壁に何も家具がないのは、将来ここに姉妹の勉強机を置く予定なのだろうと辰巳は思った。

捜査協力に対して丁寧に礼を言い、辰巳は手帳をしまって帰り支度をした。階段を下りて狭い廊下を玄関まで行くあいだに、扉がひとつあるのをみつけた。ここはまだ見せてもらっていない部屋だ。

「すみません、こちらは？」

「物置です。たいしたものは入ってないですよ。古いパソコンとか、掃除機とか、雛人形とか……」

「中を拝見しても？」

ええ、とさやかの夫はけげんそうに応じた。そんなものを見てどうするのか、と言いたげだった。

辰巳がそっと扉を開けると、中から樟脳の懐かしい匂いがした。夫は壁を指でさぐって、明かりをつけてくれた。天井は低く、照明も他の部屋より暗かった。

右手側の壁一面が大きな棚になっていた。まるで押し入れの戸をはずしたかのようだ。中に和服用の桐の衣装ケースと、雛人形らしき大きな箱が入っていた。正面つきあたりには、ひきだし式のプラスチック製衣装ケースが何段にも積み重なっている。左壁の角には古いスノーボードがビニールをかぶったまま立て掛けてあり、その隣には似顔絵の描かれた結婚式のウェルカムボードが無造作に置かれていた。みんなまんべんなくほこりの膜をかぶっていた。

中へ一歩踏み出そうとして、辰巳は転びそうになった。入ってすぐの床の上に段ボール箱が置かれていた。物置の中で、四つの茶色の箱だけは、ほこりをかぶっていない。寝室にあった段ボール箱と同じものだ。ここにもぎっしり資材がつまっているのだろうか。趣味でアクセサリーを作るのに、こんなに材料が必要なのだろうか。不可解に思いながらも、さやかの家をあとにしたのだった。

辰巳は署までの帰り道、記念写真の中の盛装したさやかの姿を思い浮かべた。今は三十二歳だ。もう少し落ち着いた印象になっているだろう。「舞ちゃんと玲ちゃんのママ」の顔をしているのだろうか。

松下さやかの生活を想像してみた。毎朝、夫と娘のお弁当をつくり、娘ふたりを幼稚園の送迎バスの待機場所まで送り、午前中に洗濯、掃除。そのあと、自宅でアクセサリー作りやジェルネイルをしてささやかに楽しむ。午後は娘を迎えに行き、幼児ふたりの相手をしながらあわただしく夕飯の準備。風呂、寝かしつけ。それが終わったら帰宅した夫の世話だ。

細かい作業に没頭するひとときが、さやかにとって心の安らぐ「ひとりの時間」だったのだろうか。もうすぐピアノを習わせるはずの娘を置いて、どこに行ってしまったのだろう。

辰巳が実際に生身のさやかと初めて対面したのは、夜の救急病院の談話室だった。産婦人科の診察と感染症検査のための採血を終えていた。外傷はなし、妊娠反応は陰性。感染症検査の詳しい結果は一週間後に出るという。

こうなってみると、夫ではなく女親をともなって来たことが、むしろ彼女にとってよかったように辰巳には思えた。

母親に左腕をしっかりとつかまれて、談話室の椅子に腰かけた彼女は、生気の蒸発したドライフラワーのようだった。頬はそげ、化粧も半分落ちかけて、青白い顔色がそのままのぞいていた。吹けば飛ぶような頼りない雰囲気だ。飛んでいかないように母親が必死でおさえている。

やがて本庁の鑑識課員がやってきて、押収物の確認作業を始めた。例の違法風俗店では、働く女性たちの携帯電話や財布をとりあげて管理していたらしい。

「これ、君のであってる?」

鑑識課のジャンパーを着た男がチャック付きのポリ袋に入ったスマートフォンを差しだすと、さやかは怯えた顔のまま、こっくりとうなずいた。鑑識課員はバインダーにはさんだ書類にボールペンを走らせる。

ピンク色の手帳型ケースに包まれたスマートフォンが、真空パックのようになっていた。ケースからは鍵のかたちをした大きめのストラップがひとつぶら下がっている。

「やたらと数が多くて、確認作業が終わらないんですよ」

彼はそうこぼした。ジュラルミンの手提げ型ケースには、小物の真空パックがひとつひとつラベルを貼られていくつも入っていた。

確認を終えると、彼は事務的に告げた。

「これは捜査が終わり次第返却しますが、それまでは押収物のひとつとしてこちらで保管させてもらいますね」

鑑識課員が手際よくケースをたたんで出て行くと、部屋の中は急にしんとなった。蛍光灯の冷たい明かりのもと、壁紙も天井のクロスも白く発光している談話室は、まるで冷蔵庫のようだと辰巳は思った。

　学校の教室ほどの広さがある部屋は、楕円形のテーブルが三つあり、それぞれ中心に病院案内のパンフレットと小さな観葉植物が置いてあった。天井近くに大型の液晶テレビが吊りさげられていたが、夜間のため か電源は入っていない。

　ドアの向かいにある窓の外で、梅雨の重い雲が夜空を濁らせている。輪郭のはっきりしない空を突き刺すような高層ビル群。そのてっぺんで赤い航空障害灯が明滅しているのが見えた。

　黒いシルエットになった建物の隙間から、夜の繁華街の明かりがひしめくように輝いていた。それを背景に、明るい談話室の内部が半分透けて鏡のように映っている。

　魂を抜かれたようにぼんやり椅子にかける女性と、その脇によりそう不安げな母親、そして壁際の自動販売機の前に立つ、白いブラウスと黒いタイトスカートの地味な女刑事。

　辰巳は自動販売機からとりだした紙コップを彼女の前に置いた。ロイヤルミルクティの湯気が、ゆっくりと彼女の顔を撫でると、ようやくその目に感情の灯がともったように見えた。

　六月だというのになぜホットを買って勧めたのか、辰巳は自分でも不思議だった。しかしそのくらい、彼女のいる一角は肌寒く感じられたのだ。夏めいた新緑の風なんかここには届きません、と拒絶されているようだった。

保護された当時、下着なしでマイクロミニのチャイナドレスを着ていたというさやかは、今は襟のない着物のような合わせの患者着に、母親の着ていた薄いグレーのカーディガンを羽織っていた。

摘発されたのは、公安委員会に届け出のない違法性感マッサージ店だった。さやか本人が病院で妊娠検査を希望したということは、おそらく客と本番行為もやらされていたのだろう。結果が陰性だったのはまだしも救いだった、と辰巳は痛々しく思った。

正面の椅子に座り、「気分はいかがですか？」と気遣う言葉から入る。おそらく本庁の捜査員にあれこれ詰問されたのだろう。この憔悴（しょうすい）具合は単純に疲れているだけではなく、取り調べで精神的に消耗してしまったことが大きいのではないかと辰巳は思った。

「あなたがどうやってあの店に採用されたのか、まだはっきりしていないと現場の捜査員からききました」

それでも本庁の保安課が黙って所轄の辰巳にさやかを引き会わせたのは「女同士で口を割らせてみろ」という本音もあったかもしれない。

辰巳は質問内容を考え、悩んだ。今まで取り調べのベテラン刑事たちがさんざんこじ開けようとしてきた心を、ここで自分が開くことなどできるだろうか。

「話しにくいことだとは思うんですが……。あそこで働いていたのは、本当にあなたの意思でしょうか。もし、あなたが……たとえば、乱暴なことをされたり、言葉でおどかされて、自分の意思に反してあの店で働かされていたのだったら、それは恐喝という立派な犯罪になります。きちんと被害届を出しませんか」

母親が辰巳をきっとにらんだ。そして、祈るような目で茫然自失の娘をみつめる。さやかはあいかわらず、どこを見ているのかわからない顔でぼんやりしていた。見ているのは窓の外だろうか。その口元に、ふっと力ない薄笑いがかすめるのを、辰巳は見逃さなかった。

——どうしよう、これからの人生。あんな店で働いていたことを、全てなかったことにできるだろうか。どうせ無理だ。ずっとこの事件の影に怯えて暮らすんだ。もう、いっそのこと、あの窓の向こう側に落ちてしまえたら楽なのに。

辰巳の耳には、さやかの絶望がきこえるような気がした。

こんなとき自分は非力だ。できるだけ刺激の少ない言葉を選ぶことしかできない。辰巳は自分を鼓舞するようにテーブルの上に置いた両手を握り合わせた。

「被害届を出すと、私たちはこれを事件として立件するために動きだします。あなたに詳しい状況をお尋ねし、それを調書にまとめて間違いないことを署名していただくことになります。そして検察で犯人が告訴された場合、法廷で……」

「嫌です」

即答したのは母親のほうだった。娘を見せ物にはしない、というかたい意志が、辰巳の言葉を横からシャットアウトする。

「絶対に嫌です。そうよね、さやか」

さやかは、うなだれてじっとコップの中の淡い茶色の液体をみつめている。静かな丸い水面には、白く天井の蛍光灯が映りこんでいる。

辰巳は言いきかせるようにゆっくりと言葉をつむいだ。

「あの店の関係者の身柄はおさえました。家宅捜査も行われ、これから本格的な取り調べが始まるでしょう。でも私が知りたいのは、あの店でなにが行われていたか、ではありません。あなたにあの店で働くようにしむけた人間です。あなたは、自分からあの店で働くことを決めたんですか？　誰かに連れて行かれたのではありませんか」

ひく、とさやかの肩が動いた。こわごわと顔をあげて辰巳を見た。まだ若いのに、すっかりそげてしまった頰が痛々しい。

辰巳は声をおとした。低く太い声に。彼女にとって、少しでも自分が力強い味方だと感じられるように心を砕く。

「もし、そういう連中がいて、あなたの意志を踏みにじり、人としての尊厳を傷つけたのなら、私はそいつらを捕まえたい。法にしたがってつぐなわせたい。だから、あなたにも一緒に戦ってほしい」

「刑事さんは、どうしてそうお考えになるんですか。そういう連中って誰のことなんですか」

母親が泣きそうな声で問いかける。

「それは、この件が初めてではないからです。他にも似たような目に遭った被害者がいるからです。なので、こちらとしては」

母親の顔にさっと朱がさした。怒っている。こんなことがあるとわかってたのに、うちの子が被害に遭うのをとめられなかった。そんな無能な警察が今さらなにを言うの。

「じゃあ、まずその人から話をきいてください。そうでしょ。うちの子には小さな子供がいるんです。近所の目もありますし、夫の高志（たかし）さんにだって、職場での立場というものがあります。もうこれ以上は」

母親の剣幕におされ、再び目を伏せたさやかに、辰巳は思わず問いかけていた。

「ねえ、あなたは本当にそれでいいの？」

言葉で鞭打（むちう）たれたように、さやかがさらにがっくりとうなだれた。

「もっと被害者が出てもいいの？　口をつぐんで、自分さえ元の生活に戻れればそれでいいの？」

責める気持ちはなかった。純粋な問いかけだ。

このままなかったことにしてしまったら、あなたは、あとでちゃんと戦わなかった自分を軽蔑して、後悔するんじゃないの?

　さやかの母親に向きなおった。

「お孫さんたちへの影響が心配なのはよくわかります。でもそんな奴(やつ)らを、あの子たちの生きる未来に野放しにしておいてもいいんですか?」

　さやかの母親が、はっと息をつめてひるんだ。

　突然はじかれたようにさやかが顔をあげた。一心にみつめる辰巳と目があった。それは写真のおもかげのある、黒目がちの可愛らしい瞳だった。顔はあいかわらず蒼白(そうはく)だったが、意志のある目をしていた。

　ふるふるとその表面が揺れている。涙の膜を張る。

　辰巳はじわりと胸が熱くなった。この人は立ちあがろうとしている。

「ちが……ちがいます。……私は」

　消え入りそうなかすれた声。しかし、表情はすぐに恐怖でひきつった。一度はふりきった嫌な記憶に追いつかれてしまったのだろうか。

　ぎゅっと首をすくめる。粟立(あわだ)った首筋が、冷や汗で濡(ぬ)れているのがわかる。

　怖いのだ。今まで風俗店で恫喝(どうかつ)されていた記憶がよみがえったのか。あるいは矢面にたって戦うことで、自分が大切なものを失ってしまうことへの恐怖かもしれなかった。

　それでもさやかは果敢にしゃべろうとしていた。出ようとしない声を絞るように何度か呟き込む。

「私は……」

——屈しない。自分の正しさを信じて戦うんだ。私は母親なんだから。我が子の未来を脅かす者を許しはしない。

辰巳は焦がれる思いでその言葉を待った。

しかし、力強い言葉の代わりにさやかの唇からしたたり落ちたのは、言葉ではなく、糸を引く透明な液体だった。

震えていた体がふらりと崩れた。さやかは、ひくっと、しゃっくりのような声を一度もらすと蛇口をひねったように嘔吐してテーブルの上に昏倒した。

母親が悲鳴をあげ、病院スタッフを呼ぶ。辰巳もあわてて立ちあがり、テーブルの向かい側からぐったりしたさやかの体を支えた。ミルクティがひっくりかえって、辰巳の黒いタイトスカートに染みる。

やってしまった。

辰巳は自分の尻を自分で思いきり蹴りあげてやりたい、と思った。この猪突猛進のデリカシーのない単細胞。

「女のくせに」と子供の頃から、いつも言われていた。ケンカになるとついやりすぎて、相手を追いつめ、泣かせてしまう。

『りょうこちゃんが言ってることは正しいと思うけど、みんながりょうこちゃんみたいに強いわけじゃないからね』

仲のいい子がいつもそう忠告してくれたっけ。

ストレッチャーが廊下を走る音を聞きながら、結局あれから自分はなんにも進歩していないんだ、と辰巳は猛省とともに苦く考えたのだった。

小田急（おだきゅう）線の各駅停車の駅で降り、スズランを模した街灯が垂れさがる昔ながらの商店街を辰巳はひとり歩く。不妊治療のポスターを貼った漢方薬局の角を曲がって、細い道を入って行くと、そこは十数年前に作られた新興住宅地だった。

いきどまりの私道の左右に、似たようなつくりの家が十三棟ほど建ち並ぶ一角だ。南フランス風というのだろうか。ガレージの横にテラコッタ色の外壁が続く。時々、黒のスチールワイヤーを曲げて作った音楽記号のような壁面装飾が見えた。

とある一軒の前に立ち止まった。車一台分のガレージがあり、オレンジ色のタイルを貼った低い塀の向こう側には猫の額ほどの庭があった。塀の上に「おかあさんありがとう」というメッセージの化粧ピックが刺さった鉢植えが、葉ばかりになっている。

塀の先にはフランス窓。大きな窓にドレープをよせたレースのカーテンがかかっている。室内は電灯がついていた。

在宅している。辰巳は心の中でガッツポーズをした。非番の日は必ず訪れて様子をうかがっていたのだ。

この家の家族構成はすでに頭に入れてある。大学教授の五十代男性とその妻、娘がふたり。娘は大学生と高校生。平日の昼間なら妻が在宅のはずだ。

カメラ付きインターフォンのボタンを押した。

「どちらさま?」

「突然申し訳ありません。私、北沢東署の辰巳と申します。西署でこちらの事件をうかがいまして……同じ女性として大変憤慨しております。心ばかりですが本日はお見舞いにまいりました」

「警察の方? 事件……ですか」

五十代くらいの女性の声がする。

「はい」

「事件性はないっておっしゃったのは、そちらじゃありませんか」

声は突然怒りを帯びた。

「それは……わたくしも西署の職員がそう対応したときいております」

「事件性はない、ただのよくある家出だからって、あのとき、なんにもしてくださらなかったじゃないですか!」

ヒステリックな叫び声に、インターフォンのスピーカーがきいん、とハウリングを起こした。

辰巳は黙って頭を下げた。カメラでこちらの様子は見えているはずだ。インターフォンの履歴を見れば、今まで何度も留守宅に足を運んでいることも知っているだろう。

しばらくの沈黙のあと、カチっと通話を切る音がした。

今日はここまでか、と思いかけたとき、玄関の鍵をあける音が、辰巳の肩をたたいた。

木製の扉がゆっくりひらき、隙間から小柄な女性が顔をのぞかせた。灰色の髪をたばね、額を出した顔は目の脇や鼻の横にシワが刻まれている。その中でもひときわ深い谷をつくっていた眉間のシワが、ふ、とゆるんだ。

「でも、あなたは今、事件っておっしゃったのよね」

さっきまで、憤りで額にうっすら血管のういて見えていた顔は、一瞬にしてなにかにすがるような哀(かな)しみを見せた。

辰巳はもう一度深く頭を下げた。

「で、収穫ありましたか」

課長の重野が席をはずしたのをみはからって、生活安全課の後輩、原島(はらしま)が小さな声で尋ねてきた。辰巳の向かい側のデスクを使っている。警察官になり今年で三年目になる彼は、今年交通課から生活安全課へ異動してきたばかりだ。

今は過去の報告書を綴じた分厚いファイルをひろげて、書類の書き方を必死で覚えているところだった。熊のような立派な体格で書類作成に四苦八苦している姿は、ちょっと微笑ましい。

「あると言えばあるし、ないと言えばないね」

「思わせぶりっすねえ」

「部屋の扉越しに声をかけてみたけど、結局、本人はなんにも話してくれなかったしね。あれから自分の部屋に閉じこもりっぱなしで、お母さんも、ちょっとまいってる感じ」

昨日訪ねた家の長女で、私立の四年制大学に通う本庄怜香が突然家出したのは先月のことだった。西署は一般的な家出人として、特別な捜索は行わなかった。

それから二週間後、北新宿の交番に下着姿の女性が保護を求めて飛び込んできた。彼女は連絡先を告げたあとは、かたくなに口を閉ざし、警官になにを尋ねられても絶対に口を開こうとしなかった。

「若い主婦の失踪事件」にこだわっていた辰巳は、当初隣の管轄で起きたこの件に興味をひかれることはなかった。

しかし詳しい事情があきらかになってくるにつれ、同じ事件性を感じとった。対象者が専業主婦から、世間知らずの女子大生になっただけなのではないか。風俗に売るなら、もちろん若いほうが利益は大きいだろう。

　怜香は家に帰ってきても、なにがあったのか家族にも話さず、自室に閉じこもって暮らしているということだった。

「警察にも家族にもなにも言えないっていうのは、だいたい組織犯罪に巻きこまれてる場合よね。報復が怖いから。たとえ自分に直接なにかした相手が逮捕されたとしても、その仲間が潜伏してるかもしれないっていう恐怖が消えないから」

「こだわりますね、そこ」

　原島がボールペンを持ったまま、デスクに肘をついた。

「ただの家出だったとして、たまたまなにかでお金のことでもめて、風俗で働かされそうになっただけだったら、いまだに外出できない理由ってなによ？」

「心の傷でしょうね」

「そう思う？」

「そう思わないんですか？」

　どこか腑に落ちない。怜香は、違法風俗店の摘発のついでに保護された他の被害者たちとは違う。自分の意思で逃げて、交番に助けを求めたのだ。その怜香が周囲にわけも話さず、じっと身を隠している理由はなんだろう。

　辰巳は釈然としない顔で目下の仕事に向かった。目の前の報告書に目をおとす。近隣住民との関係がこじれて庭先にペットの汚物をまかれた、という訴えだ。器物損壊にあたるか、それとも示談か。この先も同じ町内で暮らしていくなら示談しかないだろう。事件化するのはおそらく双方のためにならない。

時間をかけて話をきき、トラブルの種を取り除いていく。刑事の成績としてはなにも残らないが、この地域に信頼関係は残るだろう。そんな地道な仕事が嫌いなわけではない。しかし——。

辰巳は一段と声をひそめて原島にささやく。

「都の条例が厳しくなって、客引きはおおっぴらに路上で声かけできなくなったのよ。主要な繁華街じゃ、あきらかに人数は減っている。それは、水商売や風俗のスカウトの連中も同じ。じゃあ、彼らは今どこで働いていると思う？」

「水面下でってことですか？」

辰巳は椅子の背もたれに寄りかかり、握り拳をつくって、曲げた人差し指の背を鼻の下にあてた。これは辰巳が思案するときの癖だった。

「もちろん、この不景気だし、ああいう世界に自分から働きに行く女性も少なくないとは思うけど。それだけじゃなくて、利用者のニーズに合う新鮮な子を店に入れなくちゃ、若くて美人で、一見素人っぽくてスレてない、とかね。『人妻』っていうのもひとつのブランドかもね。それに『若さ』はナマモノだから、すぐ賞味期限が切れちゃう。目玉商品はどんどん入れ替えていかなきゃならない」

　辰巳は言いながら、内心自分の考え方にぞっとした。「賞味期限」だって。この職場に来て、私もずいぶん麻痺（まひ）してしまった、と。

　仕切り直すように、大きく一呼吸いれた。

「この前迎えに行った歌舞伎町の主婦も、昨日お見舞いに行った女子大生も、貧困ってわけでもない普通の女性がどこでそんな連中にひっかかって働かされてたのか、どうして話せない事情があるのか、そこを確かめないと、でしょ？」

　そして、目の前の部下を試すように見た。

「原島くんはどう思う？」

　原島は、ボールペンの先で角刈りに近い短髪の頭をかいた。

「たしか、松下さやかについては本庁の保安課から、風俗店ガサ入れ後の報告があがってましたよね」

　辰巳はうなずいた。

「契約書が出てきた。給料を二百万円前借りするっていう」

「夫の年収が六百万の専業主婦が、家族に内緒で二百万必要になるってどういう状況でしょうね。……育児疲れからホストクラブ通いとか？」

「派手に夜遊びなんかしてたら、さすがに夫にバレるでしょ。かといって、ブランド品を買い集めて仲間うちで自慢しあう、みたいな生活送ってる人でもなさそうだし。『贅沢好きの落ちぶれセレブ』みたいなのには、当てはまらないと思う」

辰巳はさやかの家を思い出した。あそこには、自分の家庭に向きあう生真面目な主婦の生活感があった。

そして、ふと思いついて自分のスマートフォンをとりだした。

「ねえ、あと、これ知ってる？　松下さやかが、スマホのケースにぶら下げてたやつなんだけど。今日行った本庄怜香って子の家でも、よく似たやつをみかけたの」

辰巳が表示させたのは、金色の鍵のかたちをしたストラップの写真だった。十センチほどの鍵は持ち手の部分がハート形の枠になっていて、水色の樹脂が流しこんである。金具の根元には蝶結びになったごく細いリボンがあしらわれていた。なにかの記念品なのか、透明なセロファンでラッピングされたまま、古いインテリア雑誌の上に置かれている。

怜香の家を訪ねたとき、廊下の片隅にあった。捨てておいてほしいと言って、部屋の外に雑誌と一緒に出してあったらしい。

セロファンが反射して多少見にくくなっていたが、ハート形の枠の中には、水飴のような淡いブルーの樹脂が艶やかに光っている。中には鳥かごと翼の金属モチーフが沈められていた。

松下さやかのストラップは、ピンク色だった。桃色に透きとおった樹脂の中に、バレエのトウシューズを模した金属モチーフが入っていて、その周囲を、音符のかたちの偏光スパンコールが飾っていた。

原島が、差しだされた画面をちらりとのぞきこむ。

「これ、手作りでしょう。レジンてやつじゃないですか？」

「なにそれ」

「よく見ると、中に泡みたいな空気入ってるじゃないですか。既製品じゃなくて素人が作ったやつですよ」

「レジン？」

「UVライトをあてると固まるハンドクラフト用の樹脂です。型に流して、飾り物つけたりして固めるんですよ」

「意外だね。原島くんって見かけによらず手芸が趣味なの？」

女子力高いじゃん、とひやかした辰巳に、原島は不服そうに目を細くした。太い眉が中心に寄る。

「うちの母親がやってるんですよ。キーホルダーとか髪飾りとか、山ほど作っては姪(めい)っ子にプレゼントしてますよ」

【3】

東急世田谷線、二両編成の電車が住宅街を走る。ひと昔前の路面電車を思わせる、こぢんまりとした車両だ。その出発点三軒茶屋駅は田園都市線に連結している。

透は、首都高速と国道246号が上下に重なり合った車道を右側に見ながら、駅からの道を歩いていた。やがて見えてくる中層マンションが透の自宅だ。

透は自宅の鍵をあけて、暗い家の中に入った。三階のファミリー向け3LDK。リビングは十七畳と広く、都内にしては採光もまずまずだったが、二重サッシの窓はほとんど開けたことがない。洗濯物も乾燥機を使い、外には干さない。

天気のいい日は窓から新宿や渋谷のビル街が見える。青空の下、この街はいつも灰色の傘をかぶっている。ここでは、さまざまな科学物質の粒子に漉された空の色しか見えない。そして透はそれをうつくしいと思う。

(だってここが僕の故郷だから。僕の眠る場所だから)

リビングに入ると、朝ご飯に食べた卵焼きとインスタント味噌汁の匂いがそのまま残っていた。朝食の皿は流しにつけたままだ。両親は仕事でまだ帰っていない。

透は習慣でなんとなくテレビをつけた。寂しいわけではないが、人の声がしないと落ち着かない。午後のワイドショーの見慣れたコメンテーターの声が流れてくると、やっと人のいる気配がこの部屋の中に現れた気がした。

学校の鞄をテレビ前のソファに置き、ワイシャツのポケットからスマートフォンを出した。

ロック画面に通知が表示されている。新しいメッセージが届いていた。


山羊（やぎ）＞＞こんにちは。もうリブラからの報告は見ましたか？


漢字のコードネームを見たとたん、透の胸に懐かしい感情がわいた。

透にとって、彼だけは匿名のランサーではない。この仕事に誘ってくれた人であり、じかに会ったことのあるランサーだった。


ウィルゴ＞＞はい。うまくいったみたいでよかったです。

山羊＞＞お疲れ様でした。今回は報酬だけでなく、新しい情報を手に入れることができました。例の事件についてです。君と共有しておきましょう。メールで送っておいたので、確認してください。

「例の事件について」、そのくだりを読んだとき、みぞおちにぐっと硬いものができたような痛みを感じた。

透は浅く息を吐いて、メッセージアプリの画面を閉じた。

フリーメールのアドレスに届いている山羊からのメールを確認し、添付ファイルを開く。

ブラウザが立ち上がった。

「新しい情報」、それはあるブログのデータだった。透は眼鏡の奥の目を鋭くした。

今はもう閉鎖されてしまったブログだった。インターネット上に公開されていないので、アクセスすることはできない。しかし、データはまだ残っていたのだ。

非公開のデータにアクセスする権限をもった誰か、もしくはハッキングでセキュリティの壁をこじ開けられる誰か。そんな誰かが、プロバイダのサーバーに保管されていた古いデータを発掘してくれたのだろう。

ブログタイトルは「ドルフィンガレージ」。管理人はドルフィンと名乗る男性で、電気工作を製作しては、その作り方と性能を検証してアップしていた。

サブタイトルに「コイルガン」という項目をみつけ、透は身震いした。首筋の毛が逆立つような感覚だった。電気配電図の下に貼りつけられている完成品の写真は、あの日見た凶器にそっくりだった。

（あいつはこれを見て、あの凶器を作った）

姉の命を奪った銃器だ。

透は画像の二枚目を表示させた。ブログの読者がコメントをつけて、コイルガンの配電図について意見を交わしている。この中に、あいつの発言がある。

透は、犯人の男が書き込んだ内容を探した。あの作業着の犯人は、得意げに自分の知識を披露し「自分ならもっと強力なものが作れる」とブログ主のドルフィンに豪語したのだ。「人を殺傷できるものが作れる」、と。

そして、そのコメント欄の中に、あの作業着の男に「それを実現してみせてほしい」とそそのかした誰かがいる。その誰かの存在を、このデータが証明してくれるはずだ。

ほんの少しずつ、しかし確実に自分は姉の事件の真相に近づいていると感じる。それは透のささやかな自尊心を支えてくれる唯一充実した瞬間だった。

内容を確認し終えると、透は一度深呼吸をした。自室に行って鞄を置き、そのまま廊下に出て隣の部屋に向かう。ドアにはＨｉｋａｒｉとローマ字で書いた手作りのプレートが掛かっていた。

「姉さん、入るよ」

声をかけて透はドアを開ける。

ベッドはきれいにメイクされて布のカバーがかかっていた。洋服がぎっしりかかったハンガーラックにはほこりよけとして白い布がかぶせてある。一番端に、高校時代の制服がかかっていた。チェックのジャンパースカートに紺色のブレザーだ。

六畳の部屋はベッドのせいでひどく狭い。壁際の勉強机の上に、ロングヘアを片方だけ耳にかけて微笑む光の遺影が飾ってあった。

その前にあるのは、彼女が好きでいつも通学鞄に入れていたピーチ味のグミキャンディと、ペットボトルの炭酸水。そして、ひときわ目立つのが白い大理石でできたオブジェだ。つややかなミルク色をした球体の内部には、姉の遺骨が納められていた。

ベッドと反対側の壁には一面に、姉の写真が貼り付けてあった。赤ちゃんの頃から亡くなる直前までの写真が、時系列を無視して並べてある。姉が亡くなってから母親がやったものだ。

怖かったのだろう。自分たちの生活の中で、光の存在がだんだん消えていってしまうことが。

透は写真の中の一枚に目をとめた。顔が小さく、スレンダーな美少女がスナップの中で小首をかしげていた。着ているのは、襟付きのカットソーにふわふわのチュールスカート。今の自分と同じ、高校二年生のときに撮った写真だ。

似ていない姉弟、と人からはいつも言われていた。姉は華やかでうつくしく、弟は地味で目立たない。

（いや、みんなはなにもわかっていない。両親でさえも。本当の僕は姉そっくりなのに）

透は、ウォークインクローゼットを開けた。開けてすぐの棚に、分厚いスクラップブックが載せてあった。姉の事件に関する資料を集めたものだ。表紙に新聞の切り抜きが貼ってある。大きな見出し文字、一面記事だ。

「白昼のたてこもり——二時間に及ぶ犯人との攻防」

「交渉の末の惨事　人質二十六名のうち二名、捜査員一名が死亡」

「死亡三名、心肺停止一名、意識不明二名、他重軽傷」

透は儀式のようにそれらの記事を読み、うつむいて自分の左胸あたりの服地をぎゅっとつかんだ。この心臓が動いていることが、恥ずかしいことのように感じた。

どうして自分は、あのときあの場にいてなにもできなかったのか。たえず自分に問い続けることが、透にできる姉の弔いなのだと思っていた。

一年半前の十一月の土曜日、透はオープンしたばかりの近所のショッピングモールを、姉とふたりで歩いていた。

普段から特別仲がいいというわけではなかったが、両親の結婚記念日のプレゼントをお金を出し合って買おう、と提案されて断る理由はなかった。

透は今も、自分があのときどうふるまえばよかったのかわからないでいる。

「トクベツな毎日を創造しよう！　アートライフモールへようこそ」

踊るようなフォントで印字されたカラフルな横断幕を頭上に見ながら、専門店街をふたりで歩いた。

加湿器の白い蒸気が舞うアロマ用品の専門店や、大きなぬいぐるみを置いた輸入もののキャラクター雑貨の店など、光が興味のままに寄り道するのに透がつきあうかたちで一時間ほど歩きまわった。

結局、これという買い物もしないまま、お昼過ぎになって二階のフードコートへ行った。

フロアの四分の一をさいた広いフードコートに足を踏み入れたとたん、ふたりは人の熱気と食べ物の匂いに包まれた。揚げ物の匂い。ラーメン屋の湯気。熱い鉄板にハンバーグソースが焦げつく香り。

ファストフードの店が何店舗か。セルフタイプのうどん店。トマトスープが売りの洋風ラーメン屋。お好み焼き、クレープ、ドーナツ、アイスクリーム、蕎麦に寿司屋まであって、屋台のように壁沿いにずらりと並んでいた。

自由に使えるテーブル席は百五十席とうたっているだけあって広く、片面に窓が並んだ円形の広場になっていた。吹き抜けのガラス天井から、秋らしい、角のとれた陽が差している。明るい広場の真ん中には、つやつやした緑の巨大な物体が鎮座していた。

デハ200形。固有名詞で呼ぶなら「玉電205号」。昭和三十年代に渋谷と二子玉川の間の路面を走っていたちんちん電車の車体が、二両編成で置いてあった。

カエルを連想させるつやのあるイエローグリーンの車体の下半分には、太いクリーム色のラインが走っている。頭のてっぺんに丸いライト。そして大きな目のような四角いふたつの窓。ずんぐりむっくりという言葉がぴったりの、しもぶくれのころんとした車体。

当時は「ペコちゃん」とか、イモ虫からとって「イモ電」と呼ばれていたらしい。六十年たった今も、それはとびきり愛嬌のある乗り物だった。

透は床に埋め込まれた説明のパネルを読んだ。玉電が廃線となって久しい今、この車体が現存するのは日本全国でここを含め二箇所だけだという。

車両の片側のドア四つは開け放たれて、子供たちが自由に出入りをしていた。透も階段一段分ほどの段差のある乗り口をのぼってみた。

それは不思議な感覚だった。透はかつて、この車体の模型おもちゃを持っていた。とくに鉄道オタクというわけではないが、幼児から小学生の頃、当時大人気だったレールを組み立てて電車を走らせるおもちゃに、透も例にもれずどっぷりはまったのだ。

自分が手にとって親しみ遊んでいた車体に、こびとになって乗り込んでいるような不思議な体験だった。幼い頃の夢が不意打ちで叶ったようだ。透は我知らず気分が高揚していた。

運行当時木製だった床は、きれいなベージュのリノリウムに改装されて、照明もつけかえられていた。両側の窓にそって落ち着いたワイン色のシートが続き、上部には今の電車と同じように鉄道会社のロゴの入ったつり革が垂れさがっている。

先頭と後部にはマスコンのついた運転席が、そのまま遊べるように開放されていた。内装の淡いグレーのペンキがはげ落ちた部分はそのままで、部分的に真鍮のにぶい黄金色がのぞいている。幼児から小学校低学年くらいの子供たちが、いれかわりたちかわりいじりまわしていた。ハンドルについた年季の入った木の棒を握り、めちゃめちゃに動かしては電圧計、圧力計の丸いメーターをのぞきこむ。携帯電話をかまえてその様子を熱心に撮っている親の姿もあり、楽しげな雰囲気に包まれていた。

低い天井には扇風機があった形跡だけが残っていて、戦後の路面電車の様子を伝える白黒写真が展示されていた。その中に、透は「飲食ＯＫ」の表示をみつけた。たしかにシートのあちこちでは、家族連れや子供だけのグループ、カップルなどが旅行客のように座席に腰かけて、フードコートで買ったものを食べていた。

「私たちもここでお昼食べようよ」

後ろから光が言う。白いモヘアのロングニットを着ていた。首のまわりにキラキラしたビーズのついているやつだ。

「私が席をとっておくから」

そう言うと、光は自分の財布から千円札を引き抜いて透の手に押しつけた。

「私はいつもの。海老(えび)カツバーガーのサラダセットでジンジャーエールね」

姉がそれほど電車好きだとは思わない。たぶん、目を輝かせていた透の様子を見て決めたのだろう。そう思うと透はちょっと気恥ずかしかった。

こみあうフードコートの中を、椅子の背をよけて人とすれちがいながら、透はハンバーガーショップの長い列にたどりついた。じわじわ進む行列に並び、光に言われたセットメニューと自分の分のセットを買うまで、ずいぶん時間がかかってしまった。

やっと戻ってくると、なぜか玉電の扉が閉まっていた。透は白い袋をふたつさげたまま、呆然(ぼうぜん)となった。意味がわからなかった。周囲を見まわすと、フードコートは急に人がまばらになったように感じた。

イモ電の運転席には、子供ではなく作業着を着た四十代くらいの男が後ろ向きに座っていた。しみのついた作業着の左肩には、黒のペンで「童貞」と書かれていた。背中の真ん中には「バカ」と殴り書き。透からはよく見えなかったが、右の肩にもなにか書かれているようだった。きっとろくでもないことだろう。

あれは悪意のある誰かの悪戯(いたずら)なのだろうか。それともあの男はわざとあれを着て見せているのだろうか。自分に向けられた悪意と軽蔑を周囲に暴露するように。

座席に客の姿は見えない。なぜか、真ん中の通路の部分に、人々の頭と顔だけがちらちら見える。まさかみんな座席ではなく床に座っているのだろうか。

だとしたら、なんのために?

いぶかしむ透の足もとから、得体の知れない不安がはいのぼってきた。

閉めきられた電車の中には、窓から見てざっと二十人ほどいるように見えた。みんな蒼(あお)ざめた顔をして、運転席に座った男と目を合わせないようにしている。

事情がわからないながらも、透はいそいで車両の窓越しに姉の姿を探した。

女性の叫び声があがった。玉電の中でなにか騒ぎが起きたようだった。水色の作業着の男が突然立ちあがり、客の数人と言い争っている。その手に見たことのないものがあるのを、透は初めて確認した。

銃だろうか。しかし金属ではなくプラスチックのようなもので覆われたそれは、それほど危険には見えなかった。赤銅色のコイルのようなものも見えた。しかし、銃器のイメージからはかけ離れている。あれは一体――？

「透！　こっち！」

姉の声がした。まるで車内で混乱が起きるのを待っていたようなタイミングだった。

透はきょろきょろと見まわした。玉電の反対側から聞こえた気がするのだ。

手招きしている姉の姿をみつけたのは、なぜかフードコートのエリアから、観葉植物の境目をはさんだ少し先の、エレベーターホールへ通じる廊下の入り口だった。頭上の壁面にはエレベーターとトイレのピクトグラムが表示されていた。

「なんだよ、トイレだったの？」

両手に袋をさげたまま、透が近づくと、姉は、しっ、と蒸気が漏れるような声を出して黙らせた。

光の立っている廊下の先はエレベーターホールになっていた。さらにその奥に男女それぞれのトイレの表示が出ていて、曲がるとトイレの入り口になっているようだった。トイレの周辺は奥まっていて、玉電からは死角になる。

廊下のつきあたりは、白く塗られたスチール扉になっていて「非常階段」と印字されていた。

「出てきていいよ」

光がささやくと、トイレの入り口から小学校低学年くらいの子が四人現れた。八歳くらいの女の子が三人、そして誰かの弟らしい五、六歳くらいの男の子がひとり。

透は見覚えがあった。さっき玉電の中で遊んでいた子供のグループだ。

「透、この子たち連れて、今すぐ奥の階段から降りて。守衛室に連れてってあげて」

「なに？　迷子なの？」

女の子三人はちょっと不安そうに透を見上げた。

「このつきあたりに、非常階段があるから」

「迷子だったら、インフォメーションだろ？」

姉ちゃんはなにを言っているのだろう、と思った。落ち着けよ、となだめるように言い返すと、光の目が一瞬迷いを見せた。

あとにして思えば、あのとき透に本当のことを話すべきか、逡巡したのだろう。

「いいから。このままこの子たちを連れてそっと降りて」

透は、光がなにをしようとしているのかまったくわからなかった。なにも説明してもらえないことに、だんだんといらだちが募ってきた。

買い物に行け、と言ったかと思えば、食べるひまもなく迷子の世話を押しつけられる。俺はパシリか。透は不服そうに眼鏡の奥からじっとりにらんだ。

「姉ちゃんは行かないの？」

「私はトイレだし」

「まじかよ」

　やってらんねー、と吐き捨てたいのをこらえた。小さな子の前だ。

　透は観念して、ポテトフライの匂いをさせている袋をトイレ前の廊下のベンチに置いた。

「ううん、それも持っていって。その子たちに食べさせてあげて。だってみんな、お昼ご飯まだだもんねー」

　幼稚園の先生みたいに光が言うと、子供たちはそういうつくりの人形のように、こくこくとうなずいた。

「姉ちゃんは食わなくていいの？」

　光は小さく首を振った。たったひとりで覚悟を決めたような寂しげな顔を見て、再び透の胸に不安がうまれた。

　なにかある、と思った。しかし尋ねている暇はないようだった。

　光は盗み見るように、ちらちらと玉電の様子をうかがっている。その瞬間だけは、怖いほど真剣な目をしている。時間がない、とその瞳が燃えるような焦燥感を訴えている。

「みんな、このお兄ちゃんと手をつないで」

　言われるまま透がおずおずと手を差しだすと、四人は素直に一列につながった。透は決心した。

「わかった。じゃ、行くよ」

片手でひとりの女の子の手を握り、もう片方の手で食料の袋をつかんで透はエレベーターの奥に歩き出した。

「お姉ちゃん！」

女の子が一度ふりかえり、鋭く叫んだ。光が唇に人差し指をあてて微笑んだ。

「大丈夫。お姉ちゃんがここにいれば、あいつは気がつかないから」

女の子にやさしく言って、光は廊下の入り口に立った。誰かを待っているようなそぶりで壁によりかかっている。

「ほらもう行きなさい」

こちらを見ずに小さな声で言った。

透はとにかく姉にしたがうことにした。子供たちを連れて、非常階段の鉄扉を開けて外に出る。乾いた冷たい風が頬を打った。

たよりない外付け階段をゆっくり降り始める。滑り止めの模様が打ち出されたスチールのステップの隙間から、地上の駐輪場とキンモクセイの植え込みがちらっと見えた。二階で助かった、と心底思った。

きゅうう、と空気がもれるような音がした。見上げると、男の子が手すりにつかまり、しゃがんで泣き出していた。透は一度女の子の手をはなし、階段をあがった。

泣いている男の子を両手で抱き上げる。曲げた腕の上に尻を載せてしっかり抱くと、男の子は透の首にしがみついてきた。眼鏡が鼻筋をずり落ちたが、なおす余裕はなかった。他の女の子たちも涙をうかべて、泣きたいのを必死でこらえているようだ。

「大丈夫。お兄ちゃんと行こう」

自分でも信じられないほどやさしい声が出た。子供たちは、けなげにうなずいてくれる。

再び階段を降り始めたとき、このビルの警備員がふたり、地上から近寄ってくるのが見えた。

「すみません、この子たち迷子です」

がっしりとした体格の警備員の男性が、男の子を抱きとってくれた。非常階段を使った理由はなぜか問われなかった。

「これ、大人の人にって」

と女の子のひとりが、握っていた紙切れを警備員に差しだした。ちぎった紙に書かれたメモのようだった。連絡先でもきいて光が書いたのだろうか、と透は思った。

地面に降り立ち、女の子も全員引き渡して透はあわただしく踵(きびす)をかえした。

「君、どこに行くんだ」

「姉がまだフードコートにいるんで」

「待ちなさい」

階段を駆けのぼろうとしたとたん、手すりをつかんでいた手をつかまれた。透は驚いて警備員の顔を見た。二十代なかばくらいだろうか。若い警備員も戸惑ったような焦った顔をしていた。

「き、君には、まだ話をきかせてもらわないと。あの子たちが泣いてばかりだと話にならないからな」

「でも」

「来なさい――いや、来てください」

せわしなく言い直した。透は釈然としないまま目の前の大人にしたがった。


あれが生きている光を見た最後だった。

あのとき、警備員の手をふりほどいてでも、子供たちの泣き声を無視してでも、フードコートに戻っていれば。

いや、そもそも最初に「姉ちゃんも一緒に行こう」と自分が機転をきかせてさえいれば。

あとからできることは後悔だけだった。

警察からの説明はこうだ。

透が昼食を買いに行ってすぐに玉電は、ひとりの男に占拠された。緑の車体に閉じこめられた客は人質だった。

そして、トイレに行かせる、という名目で光は子供たちを車両から連れ出し、玉電の内部でもめ事が起きている隙をついて、透を使って建物の外に逃がしたのだ。

あのあと光は、人質の子供を逃がしたことで激昂した男にコイルガンで射殺されてしまった。この事件の最初の犠牲者だった。

透はそのとき、地下の守衛室の休憩所だという狭い和室で、保護された子供たちをなぐさめながら一緒に冷めたハンバーガーとポテトをつまんでいた。

守衛室には通常の何倍もの人数の警備員が出入りしていた。みんな一様にピリピリした緊張感を漂わせていて、うっかり口もきけない雰囲気だった。あとで知ったことだが、それはビルの警備員の制服を借りた警察の機動捜査隊員だということだった。

ほどなくして子供たちの保護者が次々現れ、守衛室でなにか書類を書いたあと帰って行った。透は子供たちの両親に丁寧に礼を言われ、手を振って見送った。

やがて、守衛室に透の両親が現れた。子供たちを引き渡したとき、自分も自宅の連絡先を書かされたのを思い出した。

自分も迷子だと思われていたのだろうか、と透はショックを受けたが、両親はいきなり透に抱きついて泣きだした。両親とともにやっと事情をきかされた透は、守衛室のモニター室に通され、防犯カメラの白黒画像を見た。

モノクロームの荒い画像の中の玉電に、男はまだたてこもっているという。電車の中には人質の姿が見える。

その手前の床には、大きな黒い水たまりができていた。見えないはずの赤色は、痛いほどの鮮やかさで透の目に刺さった。

透の心臓は肋骨の中で、檻に閉じこめられた獣のように暴れた。

後日、司法解剖から帰ってきた光の遺体は、顔の左半分を白い布で包まれていた。

「どうしてあんたは、光と一緒にいなかったの。一緒に買い物に行ったんでしょ」

母親は泣きながら透をゆさぶった。

――ごめんなさい。

心の中では何度も謝っていた。でも口に出すことはできず、ただ嗚咽をこらえて涙を流すことしかできなかった。

謝ったら、本当に透の過失で光が死んだことになってしまうと思った。それが両親の中で事実になってしまう気がした。

自分が謝ってしまったら、この家族は本当に救われない。

ごめんなさい、だけだったら何度でも言う。それで少しでも母親の気がすむというのなら。でも「僕のせいで死んだ」とは口が裂けても言いたくなかった。

当時の事情をよく知らない人から責められるならまだしも、自分からそれを認めるなんて、透は死んでも嫌だった。

【4】

休憩から三階の課室に戻る途中、辰巳は階段の踊り場で携帯電話を出した。私用のものだ。

警視庁にいる同期に電話をかける。

「私。どう、わかった？」

ちょっと待てよ、と男の声がして、がたがたと扉を開閉するような音がした。勤務中の課室から出たのだろう。

「ごめん。ちょっと取りこんでてね。誰か、昔の事件のデータをコピーしたふとどきものがいるらしいんだよね」

「証拠品の持ち出しってこと？」

「押収物のサーバーのデータなんだけどね。それで監察室が動いちゃって」

監察室は警察内部で不正が行われていないか調査、監視するのが仕事だ。

「結構やばいんじゃないの？」

「まあ、すぐになにかの間違いだったってわかってもらえると思うよ。なにしろ偉い人たちはあんまりパソコンに詳しくないからねえ」

辰巳の心配も、男には柳に風のようだ。余裕の声で淡々と話し続ける。

「頼まれてた件、あれだよね、鍵のストラップについて。枠だけの製品がハンドクラフトの材料として売られてる。大手が出してるから販売ルートも多いし、そっちからの特定は無理だね」

「じゃあ、ふたりの被害者は、たまたま同じ材料を買って作っただけってこと？」

「ま、普通はそう思うね。でもね、このふたりのストラップ、ハート形の枠の部分だけじゃなくて、くっついてるリボンも色違いのお揃いだし、ストラップの金具も同じものを使ってるんだよね。このちょっと細めのリングを使ったストラップの金具、百円ショップで買える廉価品なんだけどさ」

「百円ショップって商品の入れ替わり早いんだよね」

そう、と男は嬉しげに言った。知恵比べでもしているように好戦的に微笑んでいる顔が目に浮かぶようだ。

「これは去年の秋にワンシーズン販売されただけなんだ。金具を細くしたのがよくなかったようで壊れやすいって苦情があって、すぐにもっと太い金具を使った改良版が作られた。写真のは改良前のバージョン」

「ふたりはその期間に、同じ材料を揃えてレジン細工を作った……?」

辰巳は口に出しながら、思案した。そこまで偶然が重なるものだろうか。

「たとえば、なにかお手本になるレシピがあって、ふたりはそれを見て真似(まね)した、とか?」

うんうん、と男は、生徒の答えをきく教師のような調子で相づちを打つ。

「じつは、あのストラップと類似するデザインの画像を片っ端から検索してたら、ちょっと気になるものがひっかかって」

「本当? なによ」

「まさか、タダできけるとは思ってないよね、辰巳警部補」

ケチ、と辰巳は内心吐き捨てた。

「わかった。いつもの焼き肉屋でいいの? サイバー犯罪対策課、大磯(おおいそ)班長殿」

ふふ、と満足そうな笑い声がきこえた。

「昼飯食べる時間返上で調べたんだから、夜は栄養とりたいよねえ」

地下鉄駅前の商店街から一本奥に入った狭い路地、ごちゃごちゃと焼き鳥屋やおでん屋の並ぶ中に、辰巳が大磯と待ち合わせた焼き肉屋がある。きどった雰囲気はないが、安くてうまい。警察学校時代からの同期のいきつけだ。

細長い店内には四人がけテーブルが縦に五つ。向かい側は掘りごたつ式の座敷があり、パーテーションで区切られ、ゆるい個室のようなつくりになっている。

ふたりはその中のひとつにいた。

午後十時を過ぎていたが、ほとんどの席がうまっていて、薄く煙のただよう店内を、作務衣(さむえ)姿の店員が忙(せわ)しく行き来している。

辰巳と大磯は、警察学校で同期だっただけでなく、昇進試験後の刑事任用も一緒だった仲だ。もともとシステムエンジニアとしてＩＴ企業で働いていた大磯は、辰巳より五歳も年上だった。学生時代、武道やスポーツで鍛えた体力自慢が多い中で、大磯はひょろりとして筋肉のない腕をしていた。

同期の面々はなんとなく彼の配属先を心配していたのだが、大磯の武器は頭脳と指先だった。おそらく採用の時点ですでに決まっていたであろう、警視庁のサイバー犯罪対策課に配属となった。

「変わらないよねー。そのエネルギッシュな感じ」

パーマをかけた刑事らしからぬ髪を指で後ろへやって、大磯は網の上で透明な肉汁をうかべるタン塩を銀色の箸の先でつつく。

「そう？　だって肉食だもん」

うまくもないことを言って辰巳が大胆に肉をひっくりかえすと、網の下からじゅっと煙があがった。

内勤のためか、大磯はラフな格好をしていることが多い。リブ編みのタンクトップに麻のシャツを羽織って、くるぶし丈のパンツから素足を出したところは、ちょっととがった服屋の店員のようだ、と辰巳は思った。日にやけていない白い顔は、点と棒だけで描けそうな、日本人らしいのっぺりとした印象だ。穏和で上品、と言えなくもない。

それにひきかえ、事務員の制服みたいなブラウススーツ姿の自分はひどく野暮ったく感じられた。署内では、わりと身だしなみに気を遣っているほうだと思っていたのに、だ。

「で、なによ、ひっかかることって」

「まず、これを見てほしいんだけど」

大磯は薄いブリーフケースから出した紙をひろげた。網の上を避けるようにして辰巳に手渡す。

そこにプリントされた写真には、五つの手の平が円を描くように並んでいる。みな女性の手のようだ。ひとつひとつの手には、鍵のかたちをしたストラップがあった。ハート形の持ち手部分に樹脂を流しこんだ、手作りのレジン細工だ。手の平の表情と同じように、少しずつデザインが違っていて個性がある。

紙に、肉から飛ぶ脂がぽつぽつと染みていく。

「これって！　ちょっとずつ違うけど、みんなそっくりじゃない？　しかもあのふたりのともよく似てる」

小さなリボンとストラップの金具も同じだ。

「そうなんだよね」

大磯はうなずくと、びっしり水滴のついた生ビールのジョッキを口にあてた。

辰巳は勢い込んで尋ねた。

「なにこれ、なんの写真なの？」

「じゃ、こっちも見て」

大磯は意味ありげに笑って、今度はタブレットを差しだした。黒のシリコンカバーがかかった7インチの小型タイプだ。

画面を見て、辰巳は目を丸くした。

表示されている写真は、ピンク色の樹脂を使った鍵のストラップだった。トウシューズのモチーフ、音符のスパンコール、その微妙な配置まで全部、辰巳の記憶のとおりだった。

「松下さやかのと、完全に一緒じゃん！」

「ＧＪ（グッジョブ）でしょ？」

意気揚々と言うと大磯は店員を呼び止め、追加で上カルビを注文した。得意げな口調は、自分にはそうする権利がある、と主張しているかのようだった。

辰巳はストラップの写真のあとに続く文章を見た。

『これは私の運命をきりひらく鍵。

つたないつくりだけれど、私が最初に誰かのためにつくったアクセサリー。

私のために、家族のために、そしてファンになってくださる方のために。

みんながもっともっと輝けるように。

これから頑張っていく、という勇気をくれた鍵。

「虹のしずく」はここからはじまりました』

ポエムのような言葉が続いていた。

「これは？　さやかのブログ？　それとも……」

「君たち所轄はさー、捜索人のパソコンの中身ちゃんと調べた？」

大磯に詰めよられ、辰巳はたじたじと言いよどんだ。

「自宅に携帯はなかったし、家のパソコンは、ブックマークとメールの履歴と検索履歴は見せてもらったけど……まあ、あの時点では事件だって証拠もないし、当然令状もないわけだし。それでお宅のパソコンのデータ全部くださいって言うの……現実的に難しいでしょ」

「これはハンクラサイト」

「ハンクラ？」

「ハンドクラフトつまり手作りの作品を販売するサイト。最近はいろいろあるんだよね。そこに松下さやかは登録して自分の作品を売っていた、というわけ」

「オンラインショップってこと？」

　大磯は小さく首を振った。

「オンラインショップって、素人が始めるのはけっこう大変なんだよ。たとえるなら、サイバー空間にテナント借りて出店する感じかな。サーバーを借りて自分でホームページを作って、そこにお店を開く。売り上げがあってもなくても、毎月定額のテナント料を通信サービス会社に払わなくちゃならないし、ホームページ制作の知識も必要になる。商品を買ってもらえたら、客とのメールのやりとりも全部自分でする。入金の確認や、梱包（こんぽう）、発送までマメに対応しなくちゃならないよね。しかも特定商取引法にしたがって、ホームページに電話番号や会社の所在地を公表することになっているんだ。この時代にネットに自宅の住所や氏名をさらすの抵抗あるでしょ。会社経営をしていない個人が手を出すにはすごくハードルが高かった」

　大磯は一度辰巳からタブレットをとりあげた。ハンクラサイトのトップ画面を表示させる。再び手渡されて、辰巳は画面をながめた。クラージュというサイトのタイトルが大きく表示されていた。そのあとに、かご編みについての特集記事、夏のイベント情報、そしてピックアップされたショップの写真がずらりと並んでいた。

「でも、ハンクラサイトなら登録しても毎月の出店料は発生しない。売れたときに売り上げの金額に対して手数料を払うだけでいいんだ。サイトの設計ももうできあがってて、比較的簡単な操作で、写真や説明文を追加できる。それに、このクラージュっていうサイトなら、商品の代金のやりとりを代行してくれるサービスがあるんだ。運送業者とも提携してるから、梱包、発送も代行してもらえる。出品者は住所や本名を公開する必要がない。ハンドルネームや店の屋号だけ、匿名のままで作品を販売できる。そして一ヶ月分の売り上げから、サイトの手数料を引いた金額が口座に振り込まれる。面倒くさい部分はハンクラサイトにおまかせで、お気軽にお店のオーナー気分、というか作家気分が味わえるってわけ」

大磯は画面を操作して、さやかのショップのトップ画面を表示させた。

「さっき見せたレジン細工の鍵の写真と詩みたいなやつは、さやかのお店の説明のところに載ってる画像と文章。それでこれが、さやかが自分の作品を販売してるショップ」

さやかのショップは「虹のしずく」という名前だった。画面の上半分に、彼女の代表作らしい淡水パールのシンプルなネックレスの写真と、店名のロゴが表示されていた。その下には窓のような丸いアイコン。そしてお店のコピーが続く。

「いつもの私にプラスワン――今より少しだけ輝くために」

　ロゴはアボカドのようなグリーンとベージュを基調とした、落ち着いた色調のデザインだった。店のアイコンは、木の梢に小鳥がとまったナチュラルな雰囲気のマーク。個人の趣味とは思えないくらい凝ったデザインだった。

　店の名前をクリックすると、さっきの鍵の画像と、さやかのポエムのような店長の挨拶文が表示される。

「かっこいい。プロみたい。彼女にこういう才能があったなんて」

　辰巳は感心してうなった。

「ざっと見てみたけど、千円から二千円くらいのアクセサリーを販売してるね。三十代向けのシンプル系って感じかな」

　トップ画面を下へ送っていくと、販売中の作品の写真が表示された。金色のワイヤーに一粒だけ模造パールを通したペンダントが、商品として掲載されている。これが売れ筋らしい。その下にはそのペンダントとセットでつけられる模造パールのピアス。スモーキーな色調のガラスビーズを使ったネックレス、同じビーズを使ったお揃いの指輪……と商品の写真が続いていく。

　辰巳は松下さやかの家を訪ねたときのことを思い出した。さやかは段ボール箱何箱分もの資材を仕入れて、アクセサリーを作り、販売していたのだ。あれだけの材料を仕入れていたとなると、かなり売れていたのだろうか。

「こういうのが、イマドキの内職ってことなのかな？」

大磯は肉をつつきながら苦笑した。

「内職？　いやいや、もっと夢と創造性があるでしょ。自分で考えたデザインだし。うまくすれば高く売れるわけだし」

世界にひとつだけのオリジナルか。辰巳はアクセサリーの写真を何枚かながめた。たしかに大人っぽくて素敵ではあるけれど、デパートに入っている女性向けの雑貨屋にもこれとよく似たものがあったような気がした。

「これ、どのくらい売り上げがあるか、ざっと調べられる？」

「まーた、人使い荒いよね。でもわかる範囲でやってみようか？」

大磯はぼやきながらも、スマートフォンの電卓を起動させて画面をたたいた。

「商品のレビューからひと月にどのくらい売れてるのか計算してみよう」

「レビュー？」

「SNSみたいなメッセージ欄があってね、評価とか感想を書き込めるようになってる。クラージュでは買い物をしていないユーザーは書き込めないから、レビューがついた分は確実に売れていることになる。もちろんレビューを書かない客もいるだろうから、正確な数字を把握することはできないけど」

一ヶ月累計で二十個ほど、金額としては四万円くらいになった。

「レビューを書き込まなかった客もいると考えると、その分を上乗せして五万くらいかな」

「月五万ていったら主婦の在宅副業としてはなかなかいいんじゃない？」

「いや、どうかな。売り上げはイコール利益じゃないからね。材料費やサイトの手数料を引いたら、利益は売り上げの三十パーセントいくかいかないかって感じじゃない？　利益としては一、二万くらいでしょ。そこから新しい作品の材料費なんかも捻出していかなきゃならない」

「なかなか厳しいね。で、こっちはなんなの」

辰巳は最初に渡された写真を、タブレットの上に載せた。

「こっちはさ、あるセミナーのブログなんだよね。さやかがハンクラサイトに自分の店を開く前にアップされてる」

「あるセミナー？」

「うん。ここが被害者ふたりの接点かなって、俺は思うんだけど」

辰巳はレモンの輪切りがうかぶサワーのジョッキをかたむけ、どん、とテーブルに置いた。しゅわり、と泡が水面に上っていく。

「思わせぶりなのはいいから、さっさと歌っちゃってよ」

おお、こわ、と大磯はおどけてから、声をおとして言った。

「そういうハンクラサイトで成功するためのセミナーってやつ。そこで受講生が作る、『夢をきりひらく魔法の鍵』らしいですよ」

わざとらしい敬語で大磯が説明した。

辰巳は握り拳をつくって鼻の下にあてた。

「松下さやかのお店はこれだけよくできてるのに、これ以上セミナーでなにを学ぶの？」

「順番が逆だよ。こういうセミナーで大枚はたいて勉強するから、お店が洗練されるんでしょ。ハンクラサイトにひしめいている他人を出し抜いてね」

「そんなに競争が激しい世界なの？」

「誰にでも始められるようになったってことは、同じように気軽に参入してくる素人がたくさんいるってことだよ。大手のサイトになると『三分でお店が持てる』とか『毎月八千件お店が増えてる』とか宣伝してるからね」

大磯はまた網の上で、つやつやと脂をしたたらせる肉をいじりだした。うっすら網模様の焼き目がついて、食べ頃の色をしている。さっと自分の皿にひきあげた。

「そっか。誰でも気軽に始められるけど、みんなが成功できるってわけじゃないんだ」

隣のテーブルから、けたたましい笑い声があがった。さっきから学生らしい一団が陣取っている。

　大磯は淡々と続ける。

「本人の考え方しだいだと思うけどね。自分の好きなこととして。好きな作品を作って、それを素敵だって言ってくれる人に出会って、作品を買ってもらって、それが収入になる。承認欲求も満たせるし、その資金をもとにさらに趣味を充実させられるし、副収入が得られれば家族だってちょっぴり幸せにできる。そんなふうに全部うまくいけばいいけど。だいたい個人のこだわりのあるものって、ひとりよがりであんまり売れないんだよね。それでも自分が楽しめればいいって思える人はいいんだけど」

　辰巳は声をひそめた。

「でも、わざわざサイトに登録して出品するってことは、やっぱり売りたいわけだよね。少しでも収入にしたいんだよね」

　さやかの娘のピアノ教室の月謝はいくらほどだったのだろうと、辰巳は思いをめぐらせた。あの電子ピアノの値段は？　発表会にかかる費用は？　しかも、ふたり分になるとしたら？　それをなんとか捻出しようと、さやかは考えたのだろうか。

「先行投資しちゃって、ひくにひけないっていうのもあるかも。材料費とか、さっきのセミナー代とか。成功した人気作家の中には、年間何百万売り上げてるような人もいるし、デパートや雑貨店にじかに卸すようになった人もいる。作り方を教える講師として教室を開いた人もいる。そういうひと握りの成功者が、雑誌やネットの記事に取りあげられて、ノウハウ本や体験記がどんどん出版される。だからつい、自分だって、と思うんじゃない?」

ふわりと香ばしい匂いがたって、あわてて辰巳は網に目をおとした。いつのまにか網の上は、焼けて縮んだ肉ばかりになっていた。ちょっと手遅れだったか、と憐れなタン塩を箸でつまみ、手早く自分の皿にとった。肉はフリルみたいに波打っている。

少し焦げた肉を見ながら、辰巳はさやかの身の上を考えた。

「夢を見たっていうか、自分の人生を取りもどしたかったのかもね。松下さやかは、第一子を授かって、思い描いていた人生設計より早く家庭に入ってしまった。子供が少し大きくなってもう一度働こうと思っても、フルタイムの仕事をやめたあとで子供の預け先探して再就職するのは、資格でも持ってないかぎり難しい。安い時給で『パートのおばちゃん』になるよりは、自分のオリジナリティを発揮して、もっと個人として大事にされる世界に行きたかったのかも」

「うーん。世の中に、もっと自分を認めてほしいって感じ?」

考えてもみなかった、という顔で大磯は小首をかしげた。

「母親業って、頑張ったからって褒めてもらえることもないし。脚光を浴びる瞬間もないし。そこまで献身的に生きられない人にとっては、しんどい世界じゃない?」

必死にふたりの赤ん坊を育てても、子供と一緒の写真さえ残らないのだ。まるで家庭内の黒子だと辰巳は思った。

「とにかく、その『ハンクラサイトのセミナー』っていうふたりの接点をみつけられたのは収穫だよ。もっと実態を探りたいよね」

辰巳はそう言って、ぎゅっと八つ割のレモンをしぼった。シトラスの鮮烈な香りがひろがって、一瞬、店内の脂臭い匂いを忘れさせる。箸を持つと、気合いを入れて焼きすぎた肉を噛み始めた。

「実態を探るって？　そのあとどうすんの。被害届は出てなくて、風俗の摘発も管轄外。あなたの立場ではこれ以上捜査できないでしょ」

ひょうひょうとした口調でいなしながら、大磯は半分色の変わったカルビの面倒をみている。ジョッキはからになっていたが、インドア派の白い顔は酔った気配もない。

「まあ、そりゃ、正式な捜査にはなんないよね。そもそも事件にもなってないし……」

もごもごと辰巳が言い返すと、さらに冷たい言葉がかえる。

「じゃ、ここまでってことで」

ふと辰巳の脳裏に、ヒマワリのドレスを着た女の子の姿がうかんだ。蛍光灯の下で青白い顔をしたさやかの顔――辰巳に一瞬だけ見せた運命に抗うような必死の顔が胸に去来した。

辰巳は、病院でさやかに問いかけた自分の言葉を思い出した。

——ねえ、あなたは本当にそれでいいの？　もっと被害者が出てもいいの？　口をつぐんで、自分さえ元の生活に戻れればそれでいいの？

自分は傷ついたさやかにそう言ったのだ。

タブレットをしまいかけた大磯の腕を、辰巳は、がしっと握った。テーブルに載ったジョッキの液体が大きく揺れる。

「待って、やっぱり見過ごせない。ここまでわかったんだから、そのセミナーの実態をもっと調べなきゃ」

大磯はあわてなかった。まるで辰巳の反応を予測していたかのように、テーブルにタブレットを戻し、面白そうに口元で笑った。

「本当に、面倒なことに首つっこむの好きだよねえ」

辰巳は勢い込んで告げる。

「ふたりが共通して参加していたハンクラ系のセミナー。それと、違法な風俗店で無理矢理働かされていたこと。このふたつの関係をちゃんと調べないとね」

「どうやって？」

「そのセミナー、なんとかして潜入できないかな。あと主催者はどんな人物なのかとか。やっぱり、もう少し詳しい情報が必要だなあ」

半眼でちらりと大磯を見る。

「これ以上俺に危ない橋渡らせるの、かんべんしてくれる？」

そう言いながらもまんざらでもない顔の大磯を見て、辰巳はほくそえむ。世の中には、自分の腕を試したがっている人間がいる。彼らは利害よりも、自分の技量を信頼して高く評価する人のために動いてくれる。たとえば目の前の友人のように。

そして、とある匿名の便利屋たちのように。


「辰巳さん、今どこすか。課長からもう連絡入ってます？」

電話は後輩の原島からだった。

鞄の中で仕事用の携帯電話が鳴ったのは、焼き肉屋を出て二軒目に移動している最中だった。飲み屋ではない。深夜まで開いている喫茶店だ。一階はアンティーク風の雑貨店で、その二階が隠れ家のようなカフェになっている。

そこで焼き肉のシメに、半円形のバニラアイスが載った一斤分のハニートーストにあつあつのエスプレッソをかけて食べるのが、辰巳のお気に入りのコースだった。そんなとき大磯はだいたい、水出しコーヒーでつきあう。

「どうしたの？」

「この前先輩が迎えに行った、松下さやか、一時間前に自宅の屋根から転落して夜間救急センターに行きましたよ」

ほろ酔いだった辰巳は、いきなり氷水を浴びせられたような気持ちになった。ぶるっと体を震わせる。

「なに？　自殺？」

きりりと顔をひきしめ、すぐに問いかえす。

「その線はうすいと思います。庭の植え込みに落ちて命に別状はないそうですし。ただ、植物の支柱に使っていた竹の棒が脚に深く刺さったらしくて、夫が家の車で救急センターに連れて行ったそうです」

すぐ行きますか？　と問われ、辰巳は情けない声になった。

「……無理だわ。今の私、酒臭いわ、ニンニク臭いわ。顔もテッカテカだし。いかにも、さっきまで焼き肉食ってた人だもん」

新宿の救急病院での一件もある。辰巳はあまり印象がよくないだろう。夫が本人に会わせてくれるかどうかもあやしいところだ。

電話の向こうで原島がくっくっと笑いをこらえているのがわかった。あわてて受話器を手でおさえる音がする。

「ちょっと、こんなときに不謹慎でしょ」

「だって先輩がテッカテカとか言うから……想像できちゃうじゃないですか」

しどろもどろの言い訳をする。

「……悪いんだけど、原島くん代わりに話きいてきてくれる？」

上下関係を重んじる体育会系の後輩に、つけこむようにそう言った。

北沢東署の三階の廊下の先、階段脇に自動販売機が二台並んでいる。その前には、三人掛けの背もたれのないソファと灰皿が置いてあり、ささやかな休憩スペースになっていた。

階段からの明かりの下で、辰巳はコーヒーの短い缶を手に原島の帰りを待っていた。首の後ろでひっつめた髪からは、今もこの職場に似合わない香ばしい牛脂の匂いがする。

辰巳が仰向いてほろ苦い液体の最後の一滴を口の中に流しこんだとき、屈強な男たちが二、三人、かっかっと足音をさせて上の階へ駆けあがって行った。四階の捜査課には昼とかわらず課員が出入りしている。ここにいると、今が深夜だということを忘れてしまいそうになる。

やがて、階段をあがってくる聞き慣れた足音がきこえてきた。合成皮革のぺたぺたした音だ。原島くんもいずれ捜査課へ行きたいならもっといい靴履けばいいのに。そう思いながら、辰巳は彼の分のコーヒーを買いに立ちあがった。

「専門医の診断をあおがないと断定はできないそうなんですが、パニック発作とか、そういうものみたいです」

いただきます、と缶コーヒーひとつにばか丁寧な礼をして受け取り、原島は辰巳の隣に腰かけた。

「パニックねえ」

ぱきり、と原島が缶を開けた。辰巳は自分の手帳を出して要点を書きとる。

「脚のほうは、右のふくらはぎを二針縫って全治二週間」

「きっかけは？」

原島が太い眉をしかめた。

「今日、というかもう昨日になりますね。十一時頃、男がふたり連れで自宅を訪れたそうです。インターフォン越しに応対したのは夫ですが、話し声でさやかは例の風俗店の男たちが自分を連れもどしに来た、と思いこんだようで」

叫び声をあげて、寝間着のまま三階に駆けあがったという。なにかに追われるようにベランダから物干し台をよじ登り、隣の屋根へ移ろうとしたが、途中で足をすべらせて転落したという。

「その男たちって」

「消費者金融の社員です。松下さやかには、夫に内緒で三十万ほどの借金があったことが、今回の件であきらかになりました」

辰巳は首をひねった。

「三十万？」

違法風俗店はさやかを雇う際、前金として二百万円を払っていたはずだ。契約書がみつかっている。

「でも、夜九時以降のとりたては貸金業法違反だね」

「返済がとどこおっているのにまったく連絡がとれなかったので仕方なく訪問した、と夫に説明したそうです。まあ、ふたりだけでの訪問ですし、とくに玄関先で騒いだわけでもないようですし。僕の印象ですが、こっちはあまり悪質ではないと思います」

連絡がとれなかった、というのは携帯電話をとりあげられて歌舞伎町で働かされていたからだろう。

「さやかが無理矢理風俗店に沈められたのは、二百万の借金があったからなんじゃないの？　それとは別口ってこと？」

「そうみたいです。さやかはあっちこっちのカードローンや消費者金融に数十万ずつ借金をつくっていて、借りた二百万は返済にあてたとうちあけてくれました。今回とりたてに来た連中への借金は、その二百万で返しきれなかった分ということです」

「そんなお金なにに使ったんだろうね。ブランド品とか？」

「夫も驚いている様子でした。本人は……積もり積もってそうなってしまった、と」

「なにが積もって？」

「材料費とか、クラウドソーシングの外注費だとか言ってました」

はっと辰巳は顔を横向けて原島を見上げた。

「そっか。アクセサリー販売か」

「のめりこんでしまって、気がついたらひきかえせなくなっていたそうです。ちょっとしたおこづかい稼ぎになればいい。最初はそのくらいの軽い気持ちでハンクラサイトに登録したそうですが」

手作りアクセサリーの販売を始めても、最初は見向きもされなかった、とさやかはうちあけた。

パールや天然石を使ったアクセサリー作りはＯＬ時代に教室に通って覚えた。今まで友人にプレゼントするとすごく喜ばれていたのに、それも単に気を遣われていただけだったのだろうか。本音では誰も欲しがってはいなかったのだろうか。さやかは少なからぬショックを受けた。

ハンクラサイトのトップには、人気作家たちの作品が表示されていた。それを見ていると、自分の作品とそれほどクオリティに差があるとは思えなかった。

納得がいかない。なにが違うのだろう。藁にもすがる思いで、成功している人のホームページやブログを読み歩いているうちに、あるセミナーにたどりついた。

「どうやって売ればいいのか丁寧に指南してくれる先生に会えて、励ましてもらい、本格的に頑張ろうと思ったそうです」

「本格的に？」

「有料のセミナーに参加して、人気作家になるコツはストーリー性とブランディングだと教わったそうです。簡単に言うと女性は物語のあるものに弱いってことらしくて。自分のために作られたとか、自分と出会う運命だった、とかそういう印象を演出するんです。ターゲットを絞り込み、彼女らの好きそうなキャッチコピーやショップのデザインを考えるそうです」

それでさやかの店はあのナチュラルで大人っぽいデザインになったのだろうか。

「もしグラフィックデザインのセンスがないなら、クラウドソーシングで他の人の力を借りればいいと勧められて、専門のサイトで有償依頼をかけてショップのロゴやアイコンをデザインしてもらったそうです。それから、作品の写真はなにより大事だということで、写真の講座にも通って、勧められるままに一眼レフカメラと接写用のレンズを購入して……」

はあ、と辰巳はため息をついた。

「途中でおかしいと思わなかったの？」

「夢を叶えるためには、覚悟をしてしっかり投資しないとダメだと言われたそうです。

誰もそういう秘訣を話したがらないけれど、売れている人はみんなそうしている、と説得されて。それに、途中まではちゃんと成果が出ていたとさやかは言うんです。全然売れなかったアクセサリーが突然売れ始めたと」

新作を出すと次々と売れるようになった。ショップのコメント欄に購入者から励ましの言葉が届いた。

『虹のしずくさんのアクセサリーはさりげなく普段使いできて大好きです。デザインが素敵で、写真を見ているだけでため息が出ます。内緒にしたかったけど、きかれてしまったので友達にもお勧めしました(笑)。これからも応援していますね』

これでさやかは舞い上がり、夢中になった。

「今まで不安だったのが一気に報われた感じがした、と。ここからファンがもっと増えてくれるはずだ、と単純に信じてしまった、と」

「匿名の誰かに自分が作ったものを褒められるって、そんなに嬉しいことなの？　いい年した大人が、あとさき考えられなくなるほどのめりこむなんて」

可愛いさかりのふたりの子がいて、贅沢を望まなければそれなりに暮らしていける経済的基盤があって。それでもさやかはもっと幸せになりたかったのだろうか。

「アカの他人だからいいのかもしれませんね。誰々の奥さんとか、誰々のママとかそういう間柄に関係なく、作品だけで評価して必要としてくれる。松下さやかは、そういうことに飢えていたのかもしれませんね」

辰巳は手帳に目をおとして、頭の中で情報を整理した。

一見平凡な家庭で問題なく暮らしているようにみえた松下さやかは、夫に内緒で借金があった。ハンクラサイトでアクセサリーの販売に手を出してみたものの、うまくいかなかった。セミナーで「成功の秘訣」とやらを教わったさやかは、お金をかけて自分のお店をつくりあげ、作家ごっこをすることが楽しくてやめられなくなってしまった。

「もうひとつ、大胆な先行投資をしてしまった理由は、デパートの催事で行われる『ハンドメイドマーケット』に出店しないか、とバイヤーに声をかけられたからというんです」

「それは初耳。デパートが個人に声かけてそんなことするの？」

「そういうイベントは実際にあるみたいです。イベントで売り上げがよければ、常設店舗やポップアップストアに委託販売などもできるようです。委託だと販売手数料は大幅に上がりますが、せっせとＳＮＳなどで宣伝しなくても、勝手にお客さんが立ち寄ってくれるようになるので、作家側にはかなりメリットがあるようです」

「実際にあるみたい、ってなに？」

「鋭いですね。さやかは結局、イベントには出店できなかったんです。そのバイヤーは最初、彼女にメールを送って接触してきました」

少し売れるようになったといっても、毎月の売り上げは微々たるものだった。自分よりもっと売れている人気作家がいくらでもいるのに、どうして有名百貨店のバイヤーが自分なんかに声をかけたのだろう、とさやかも驚いたが、相手は、これから注目される作家を探している。すでに有名になっている人よりも、さやかのような埋もれている人を発掘したい、と熱烈に口説いてきたらしい。

すっかりその気になったさやかは、すぐにイベントの準備にとりかかった。

「まず出店料として十五万かかると言われて振り込んだそうです。その後の連絡で、かなり広いスペースをまかされることに決まり、売り物がなくてスカスカというわけにはいかないので、あわてて材料を発注して作品を増やそうと頑張ったそうです。人目をひくようなディスプレイもしなければならないので、飾り付け用の小物や什器(じゅうき)類なども、雰囲気のいいものを厳選して発注した、と。そういうものが積もり積もってかなりの金額にふくれあがりました。しかし、ちゃんとイベントで売れれば回収できる、と計算もしていたようなんですが……」

「ぽしゃった?」

「突然中止になった、と連絡があって、丁寧な謝罪の言葉とともに出店料の十五万は返されたそうなんですが」

「彼女はもう出店できるつもりで、お金を使ったあとだった……」

大変な失敗をしてしまった、さやかはそう思っただろう。家族にもうちあけられず、ひとりでなんとかしなくてはと焦ったのだろう。そこをつけこまれてしまったのか——。

辰巳は職場で、罪を犯した人間が拘置所へ移送されていく様子を日々ながめている。自由を奪われ、社会的な信用も失って裁きを待つ人々だ。

それを思うと、不本意に風俗で働かされたことをひどく思いつめている松下さやかに、つい「まだまだやりなおせるわよ。人生これからじゃない、大丈夫」なんて声をかけたくなってしまうのだ。

しかしさやかにとっては一度間違えても大丈夫、なんてことはないのだろう。今まで彼女は「良い妻、良い母」だったのだから。娘の未来のために、同時に人を喜ばせるために、自宅でハンドメイドをして頑張る、などというけなげな女でいたかったのだから。

たとえ自分の野心に平和な生活を食い尽くされそうになっていたとしても、そんな現実を認めたくはなかったのだろう。

私はきっと、彼女のことをなんにもわかっていなかった。酔いのさめた頭に、侘びしさと情けなさがじわじわと染みてくる。女性刑事としての自分の存在価値とはなんだったのだろう。

「……パニック、か。私が彼女をそこまで追いつめたのかもね」

辰巳はじっと床をみつめたまま、ぽつりとこぼした。古いタイル張りの床には、たばこの焦げ跡が茶色く残っている。

「先輩が、ですか？」

「松下さやかは、なにもなかったことにしたかったんだと思うんだ。なのに、私が迎えに行ったとき、他の人がどうなってもいいの？　自分の娘が同じ目にあってもいいの？なんて言って追いつめたから。彼女とほかの人の苦しみを天秤にかけるようなことが言えたのは、私にとって両方とも他人事だったからだ。私はひどいよね。正義のために、誰かのために、あんたが犠牲になれ、なんて彼女に言っちゃいけなかったよね」

さっきからもの言いたげにしていた原島が、ふと脇に抱えていた上着を持ち上げた。右手を内ポケットに探り入れて、なにかひっぱりだす。

「先輩、今日、松下さやかの借金があきらかになったわけですが、ほかにもわかったことがありましてですね」

辰巳はぼんやりと原島を見た。

「辰巳さんが迎えに行った日、家に戻ってすぐにさやかは手紙を書いていたんです。母親に署に直接届けてくれ、と頼んだそうですが、母親はそれをずっとそのまま持ち歩いていたらしく……これ以上うちの署に関わらないほうが娘のためだと判断したんでしょう。それが今夜、さやか本人から、手紙は届きましたか、と話してくれまして」

そして、ところどころしわのできた花柄の封筒を差しだした。

「これが？」

「辰巳さん宛ですよ」

辰巳はおずおずとそれを受け取った。封筒の角は丸くなっている。それでも破り捨てられてはいなかった。持ち歩いていた母親の迷いと苦悩を物語っているようだった。

開封した。書き出しは謝罪の言葉だった。少し乱れた文字はやや丸く、小柄で童顔のさやかの容姿を彷彿とさせた。文字を読むには少し暗い照明のもと、辰巳はくいいるように文面を目で追った。

『辰巳さん、私になにがあったのかお話できなくてごめんなさい。今もことの経緯を思いだそうとすると、悪寒や吐き気がしてしまいます。病院でお薬をもらったのですが、なかなかよくなりません。

あれから、たくさん考えました。でもやっぱり被害届は出したくありません。辰巳さんと一緒に戦う勇気は、私にはありませんでした。ごめんなさい。私は卑怯な人間です。

今まで、自分はどこにでもいる平凡な人間で、平凡な人生を送っていると思っていました。でも、こんなことになってはじめて、それがどんなに幸せなことだったのか知りました。

帰る家があって、真面目に働いてくれる夫がいて、元気な娘たちがいる。そんなことが、どんなにめぐまれていたのか、世間知らずの私はやっとわかりました。

わかったのに。やっと自分のまわりにあった幸福に気がついたのに——それを自分から傷つけてしまうなんて、私にはやっぱりできません。自分の愚かなあやまちを公にして、素っ裸になってやりなおす覚悟もありません。

ただ、こんな私と一緒に戦ってくれようとした辰巳さんにどうしてもお伝えしたいことがあって、恥をしのんでこの手紙を書きました。

「エヴァジオン」という起業セミナーがあります。ハンドクラフトで人気作家になるのを夢見る女性を対象としたセミナーです。検索をかけてみてください。ここに関わったことが、私が道を間違えてしまったきっかけでした。

私以外にも被害者がいるなら、情報元として特定はされませんよね。(おわかりのとおり、私はこんな笑っちゃうくらい小心な人間です。ごめんなさい)

辰巳さんは、ただの主婦がどうしてこんな愚かなことをと、驚いていらっしゃることでしょう。最初私は、娘たちにバレエを習わせてやりたいと考えていました。ピアノとバレエ。幼いとき私はそのふたつを姉と一緒に習っていました。

夫は一生懸命働いてくれています。今の収入で暮らしていけないことはありません。でも、ピアノとバレエの月謝と発表会の費用を出すことは無理でした。私は、自分が親にしてもらったのと同じことを娘たちにしてやれないのが、どうしても残念で、娘を不憫に思ってしまいました。自分の母親と比べて、自分がふがいないように感じて苦しかったんです。今よりほんの少し、幸せになりたい。自分と同じたしなみを娘にプレゼントしてやりたい。そう望んだだけでした。

それなのに、いつのまにか私は、自分が人生の主役になることに必死になっていました。これだけ投資したんだから、いつか報われる。そんな夢みたいなことに、すっかり意地になってすがりついていました
私みたいに道を間違えてしまう人がこれ以上でないように。私はこの手紙を託します。辰巳さん、あなたの正義を貫いてください』

辰巳は便せんをたたんで、天井をあおいだ。

松下さやかの『夢をきりひらく魔法の鍵』には、トウシューズと音符のモチーフが入っていた。あと少し、幸せになりたい。そんな気持ちを彼女は食い物にされてしまった。

階段の下で斜めになっている石膏ボードの天井は、たばこの煙に長年燻されて黄ばんでいる。たくさんの刑事たちの悲喜が、ここに染みこんで自分たちを見おろしている気がした。

「どうしよう。うちではこれ以上捜査できないよね」

「家出人は家族のもとへ帰ってきました。これで解決です。被害届は本人が出さないって言ってるんですよね。しかも、松下さやかが働かされていた違法風俗も、うちの管轄外じゃありませんか？」

静かに言って、原島が立ちあがった。上着を腕にかけて「では自分はこれで」と課室のほうへ歩きだした。

「でも――原島くん、どう？　このまま手をひける？」

辰巳の声に原島は、ふりかえらずに足をとめた。その口元がほんの少しほころぶ。彼は声だけでわかっているのだ。さっきまで自信を失いかけていた辰巳が、その胸に再び炎を宿らせたことを。誰かをあたため、道を照らすため、燃焼し続ける心の熱を持ち始めたことを。

「先輩は、どうしたいんですか？」

「私は、もう終わりにしたい。私たちにできるのはそれだけだから」

辰巳が立ちあがった。ぐいっと両手をのばしてひとつ大きなのびをした。

「犯罪者を裁いて罰を与えるのは裁判官の仕事。被害者を助けて癒すのは、家族や医者やカウンセラー、ソーシャルワーカーの仕事。私たちの仕事は、間違ったことをやってる奴らを突きとめて終わりにすること。それだけでしょ？」

迷いのない使命感が体に満ちていた。獲物をみつけた肉食獣は、こんな気持ちになるのかもしれない。

「だからそれをやるだけよ」

辰巳は迷いを脱ぎ捨てるように、原島を追いかけていった。

【5】

新しい依頼は放課後にやってきた。下駄箱の前で革靴に履きかえたとたん、透の制服のポケットでスマートフォンが震えた。砂場のような匂いのする昇降口で、透は光っている画面に触れた。

あいかわらず、同級生たちは透がそこにいないかのように雑談しながら隣を通り過ぎていく。しかし、今はまったく気にならなかった。

「subject：仕事依頼」

続いて、「グループ招待」の通知が来る。トーク画面を開いた。

　山羊さんがウィルゴさんを招待しました
　山羊さんがピスケスさんを招待しました

ひとつだけ吹き出しがついた。

山羊＞＞こんにちは、ピスケスさん、ウィルゴさん。企画立案担当の山羊です。本来はみなさんと同じく山羊座のカプリコルヌスと名乗るべきですが、長ったらしいので山羊でかまいません。これからどうぞよろしくお願いします。今回のジョブ名はＥ４５１に決まりました。なお今後、仕事中は敬称は省かせていただきます。

　透は文字入力画面を開き、文字をうった。

ウィルゴ＞＞乙女座のウィルゴです。よろしくお願いします。これから帰宅するので詳しい話ができるのは自宅に着いてからになるかもしれません。山羊さん、それでもよければ、仕事内容を教えてください。
ピスケス＞＞ウィルゴって学生なの？　あ、魚座のピスケスです、どうも。
山羊＞＞では今回招集したメンバーが揃ったようなので。ウィルゴへの依頼は、女性向けセミナーへの潜入および調査です。なお、詳細な時間と場所は善意の協力者からもたらされることになっています。情報源として、そして潜入を遂行しやすくするため、善意の協力者を用意しました。それについてはピスケスが事前工作を行っているので、ここで打ち合わせを行ってください。それ以外の情報は、私が適宜ここでお知らせします。

ウィルゴ＞＞協力者ですか。

ピスケス＞＞お前のためにSNSに偽アカウントを作っておいたから。ユーザー名はミハル、ログインパスワードはskir1358。ミハルは二十一歳、就職活動中の女子大生っていう設定。協力者としてハンドメイド作家の「ハニー工房のまあや」と仲良くなっておいた。セミナーには彼女が誘ってくれる。

ウィルゴ＞＞まあやさんが情報源ですか。

ピスケス＞＞そういうこと。ウィルゴはこれまでのまあやとの会話を読んで、学習しといて。まあやは、二十九歳、主婦、子なし。手芸好き。コンパクトとか、ピルケースとか、名刺入れとか、そういうのにキラキラしたガラスの石をいっぱい貼ってネットで売ってるハンドメイド作家。その屋号が「ハニー工房」ってわけ。まあやが作品を販売してるサイトについて、あとで資料まとめて送るわ。俗にハンクラサイトって呼ばれてるやつ。

ウィルゴ＞＞僕がミハルになって、まあやの友人てことで潜入するんですね。

ピスケス＞＞ちょっと待った。山羊、ウィルゴは男なの？

山羊＞＞説明してませんでしたか。ウィルゴのスキルは女装、潜入ですが。

ピスケス＞＞あんたたち頭おかしいんじゃねぇの？　女のランサーだっているだろ。

リブラさんがリブラさんを招待しました

リブラ＞＞警告「誹謗中傷」

ピスケス＞＞おっと、リブラ来たよ。すみませんね。

ウィルゴ＞＞驚きました。リブラさんて、本当に僕らのこと全部監視してるんですね。

リブラ＞＞注意「詮索不要」

ピスケス＞＞ウィルゴ、マジで？ 俺なんかしょっちゅうからまれてるよ。

山羊＞＞依頼者の選定により今回はウィルゴに依頼する。理由は二十歳というミハルの設定年齢に近いこと。そして容姿端麗であること。我々にとって大切なのはあくまで役割の遂行であり、個々の性別は関係ない。


透は自宅に戻ると、いそいで姉の部屋に入った。潜入にそなえて準備をしておかなくてはならない。

スマートフォンを出して今日の依頼内容をもう一度確認した。

「姉さん、僕、今度もうまくやるよ。だって僕は姉さんになるんだから」

遺影に向かって小さな声でつぶやき、姉の部屋のウォークインクローゼットに入って扉を閉めた。目の高さに服を吊るポールがわたされ、下の方は三段のシューズケースになっている。右手はインナーや小物を収納するためのタンスになっていた。扉の裏側には、大きな鏡があって、夏服の痩せた青年をうつしている。
　制服のポケットでスマートフォンが震えた。

ピスケス＞＞ウィルゴいる？

　すかさず返信をうつ。

ウィルゴ＞＞なんですか？
ピスケス＞＞さっきは失礼なこと言ってごめんな。俺、ちょっと配慮が足りなかったよな。
ウィルゴ＞＞失礼なこと、ですか？
ピスケス＞＞あんたひょっとして、心は女、とかそういう人だった？

　透はくすりと笑った。ピスケスさんて意外といい人だな。そう思った。

ウィルゴ＞＞違います（笑）。大丈夫です。全然傷ついてないですよ。僕は、トランスジェンダーでも、ゲイでもオネエでもないです。ただ女装が好きなんです。

ピスケス＞＞女装って楽しいの？

ウィルゴ＞＞楽しいですよ。だって、男として生まれてきて、女性の人生も生きられるなんて、人生二倍楽しめるじゃないですか。それになんていうか、僕の場合、女性として生きてるときは、自分が昔やっちゃった失敗をうめあわせできてるような気がするんですよ。

山羊＞＞ウィルゴ、少し打ち合わせいいですか？　ミハルの容姿は長身スレンダー、黒髪のロングヘア、Dカップ希望だそうです。合わせられますか？

ウィルゴ＞＞問題ありません。僕の身長は百六十六センチあります。もっと高さが必要なら靴で調整しますが、どうでしょう。


透はスマートフォンを棚板の上に置き、シューズケースを開けた。踵（かかと）のないバレエシューズから、ヒールの高さが十センチ以上ある厚底ストーム付きのハイヒールまで揃っている。

山羊＞＞身長は充分ですね。

続いて、インナー用のひきだしを開け、黒髪のかつらがあることを確認する。ロングヘアは女装の定番だ。

ウィルゴ＞＞髪型ですが、とくに指定はありますか？　前髪ありの基本的なストレートで大丈夫ですか。内巻きくらいならアレンジききますが、生え際やうなじの出るヘアスタイルはかなり難しいです。

山羊＞＞了解です。ダウンスタイルになることを依頼者に伝えておきます。

しきりのついたひきだしの奥から、ベージュのサテンでできたビスチェタイプの下着をとりだした。

ブラジャー部分がＤカップになっているものを探す。ウェスト部分にボーンの入ったウェストニッパーは、三段階調節できる仕掛けだ。ホックがびっしり縦に並んでついている。

最初はボディスーツ型のオールインワンを使おうと思っていた。しかしパンティの部分が合わなかった。さすがに女性用には収納できない。

下着はバレエの男性ダンサー用のＴバックをはく。締めつけが一番強いものを探した。

さらに前から股下を通るように、綿テープを縫いつけた。尻のほうにベルクロ（マジックテープ）がついていて、ぎゅっとひっぱって股下に収納できるようになっている。

ネットで調べてアレンジしたのだ。これのおかげで、ぴったりしたスキニーやタイトスカートもきれいなラインではきこなせる。

ウィルゴ＞＞スタイルですが、僕の場合、ウェストはニッパーでシェイプして六十センチが限界です。レディースサイズで言えば９号ですが、身長のバランスから考えて、細くは見えると思います。

ピスケス＞＞六十センチって、すげえ細くね。

ウィルゴ＞＞僕、胃下垂で太れない体質なんですよ。

上のひきだしを閉め、下のひきだしを開けた。リアルな桃色の乳房がサイズ別に入っていた。医療用シリコン百パーセントの良品だ。服の上から触られても、走って揺れても違和感がない。

もともとアダルトグッズとして通販で売られていたもので、装着用のベルトがビニール製で安っぽかった。透は市販されているブラジャー用の肩紐とつけかえてみた。これで肩紐の微調整もできるようになった。

ピスケス＞＞Dまで盛るのって大変じゃね？　重たそう。
ウィルゴ＞＞いえいえ、僕は肩幅が一番ネックなんで、胸が大きいほうを指定してもらえると目立たなくって助かります。
ピスケス＞＞やっぱここの連中は面白（おもしれ）えな。
山羊＞＞ウィルゴ、対応ありがとう。詳細が決まったら、また連絡を入れます。

透は幼い頃から、ヒーローごっこや鬼ごっこのような集団遊びにはあまり興味がなかった。参加していなくてもとくに孤独を感じたことはない。しかし、親や周囲は気を遣って集団に入れようとした。

そんなとき透は本に逃げた。部屋のすみで大きな図鑑をひろげて読んでいると、誰も邪魔をしに来なかった。

生物、とくに鳥類の図鑑が好きだった。飛べないペンギンが、水の中を飛ぶように泳ぐこと。フクロウが雛を餌でつって木に登らせ、飛び方を教えること。カッコウやホトトギスが自分の卵を他の鳥に託すこと。そんな事柄を貪るように読んだ。

野鳥も可愛らしかった。冬になるとまん丸にふくらんで木に並んで止まるヒタキ。細い尾羽をぴょこぴょこ振るセキレイ。S字に曲げた首を一気にのばして銛（もり）で突くように狩りをするサギ。渓谷の風景の中で宝石のようにうつくしく輝くカワセミ。夫婦の情愛深いオナガ。

鳥の世界では、雄のほうが雌より派手で目をひく外見をしていることが多かった。

高校一年の春。初めて女物の服を着て外を歩いた日のことを、透はよく覚えている。五月。体育祭の代休日だった。両親が仕事にでかけたのをみはからって、透は支度を始めた。

中学時代、一度だけツーウィークタイプのコンタクトを買ってもらったことがある。長時間つけていると目が乾くし、手入れが面倒くさくて普段は使っていない。それをひきだしの奥からひっぱり出してきた。使い方はまだなんとか覚えていた。

かつらはコスプレ用の安価なものを通信販売で買うことができた。ピンヒールのサンダルも通販で買った。メイク用品は、ダンスウェア売り場の舞台メイク用品のコーナーで買った。男が買ってもおかしな顔はされなかった。

店員のいる店に入って、体に合う物を探して女物の服を買う、という度胸はまだなかった。というより、姉の服を手に取ったとき、自分はこれを着てみたかったのだ、と胸にすとんと落ちるものがあった。

さらさらしたやわらかな素材の紺色のワンピースだった。胸の高い位置で切り替えのある、エンパイアドレス風のワンピースだ。手の甲と脛の毛は、前の晩に風呂場で丁寧に剃っていた。

ヘアネットに自分の頭髪をおさめてから、アッシュブラウンのかつらをかぶった。くるくる内巻きになったカールが首筋から胸の前まで垂れさがると、とたんに気分が高揚した。

女性誌の読者モデルのネット動画を見て、学習したとおりの手順でメイクをした。透は生まれて初めて眉を整えた。アイラインはペンシルの先が目を突きそうで、怖くてひけなかったが、まつげをビューラーでひきあげファイバー入りのマスカラを二度塗りしただけで、今までよりふたまわりも目がぱっちりとして見えた。

コンパクト式のメイクパレットの蓋を開けると、小さな丸の中には、薄いオレンジとピンクとブラウン、そしてきらきら反射するパールの粒が微妙な配合で混じり合ってつまっていた。

女性が顔に乗せる微粒子のパウダーは、夕空のグラデーションよりもたくさんの色が市場に存在するのではないか、と透は思う。それは人の変身願望と欲望の数に比例して、ぞくぞくと増えていく。

東雲色の明るいピンクを、大ぶりのブラシでふわりと頬に乗せた。

透は母の三面鏡から少し離れて自分を見てみた。笑顔はまだぎこちない。それでも鏡の中にいる「作品」は素直に可愛いと思えた。

　光の葬儀には、たくさんの人が参列してくれた。親戚はもとより、今まで通ってきた学校の友人、先生。事件の関係者。みんな心から光を惜しんでくれた。

　透はふと思った。もしあの場で死んだのが、自分だったら。きっとこんなにたくさんの人に惜しまれることはないだろう。

（どうして僕じゃなかったんだろう。どうして僕が生き残ったのだろう）

　考えたくないのに、どうしても考えずにはいられなかった。それは呵責（かしゃく）に似た気持ちだった。

　姉を守ることもできなかった無力な自分がとりのこされ、みんなに将来を嘱望された華やかな姉は消えてしまった。

（僕が姉に代われたらいいのに）

　そんなことをずっと考えていた。

（そのほうがずっと有意義で、みんな喜んでくれる）

　鏡の中にいたのは姉そっくりの自分だった。自分が演じる女性像は、光が手にしたかもしれない未来の一部だと思った。

ヒール付きサンダルの歩きにくさは想定外だった。履いているだけで、急勾配の坂道に立っているように前かがみになってしまう。脛や腿（もも）の前の部分に筋肉がついていないとうまく立てないようだ。

玄関の飾り棚につかまり、曲がった腰と膝を伸ばして、少し反るように胸を張った。よろめきながらも、なんとかまっすぐな姿勢を保つ。

女の人って見た目より大変なんだな、と透はぼやいた。

外を歩いた。予定はあらかじめ決めてある。電車に乗り、渋谷の映画館で新作を一本観（み）て帰ってくる。そのあいだ変な目で見られなければ成功だ。

駅まで歩くあいだに、透はまた新しい発見をした。女性はすごく他人に見られている、ということだ。普段はなんにも感じていなかった人の視線を、今はひしひしと感じる。たいていの人はまず、ちらりと顔を見る。そのあと女性なら服やバッグ、アクセサリーや靴を見ることが多い。

もちろん顔だけを見て、さっと視線が移っていくこともある。しかし男性の場合、顔を見て興味を抱けば、そのあと値踏みするように執拗（しつよう）にながめられることが多かった。胸、腰、手足と鑑賞していき、また顔に戻る。

こんなに視線にさらされながら、女性は往来を歩いているんだ、と透は不思議な気持ちになった。

渋谷に着く頃には、かなり自信がついていた。ハイヒールの姿勢に慣れて人を避けながら歩くことができるようになっていた。スクランブル交差点を横目に、ＢＵＮＫＡＭＵＲＡシネマを目指した。

道玄坂(どうげんざか)下の信号にさしかかったときだった。横断歩道の向こう側に１０９が見えた。エントランスの円柱には、はやばやと水着姿の巨大広告が貼りだされていた。その周辺でたむろしている若者の中に、透は見覚えのある顔をみつけてしまった。

野球の推薦で入ったという男子生徒だった。身長百八十センチ以上ある黒髪の坊主頭は、金髪や茶髪であふれる人ゴミで、かえって目立っていた。

がっしりした体格に精悍(せいかん)な顔立ちで、入学初日から女子生徒が何人もラインのアカウントをきき出そうと群がっていたっけ。透はそっと彼をうかがった。今日は裾を切りっぱなしにしたルーズな黒のジャージ姿だった。中学からの友人なのか、知らない何人かと集まってこちらを見ている。

知り合いに会うことは想定していなかった、と透はひやりとしたが、すぐに冷静さをとりもどした。というよりも愉快になってきた。

男子生徒は遠くからじっと透を見ていたが、けっして、驚いたりさげすんだりはしていない。それどころか、まぶしげに細めた目から発する視線は、微熱をもった秋波だった。そして透をながめる手順は、好色そうな他の男たちとまったく一緒なのだ。まず顔を。次は詰め物でかたちよくふくらませた胸。そして腰の細さや手足の長さを見さだめて、また顔。

透は、彼の視線が自分の顔に戻ってくるのを待つ余裕さえあった。予想どおり目が合うと、臆することなく、胆のすわった視線でみつめかえしてやる。

――僕はどう？　女として何点くらい？

問いかけるように。挑戦的に。

こんなふうに自分から意思を持って人をみつめるのは、初めてだった。

男子生徒はぽかんとして、その挑発的な目の表情に一瞬みとれ、それから急にきまずそうに自分から視線をそらせた。

ほんの一秒。そのくらいの、しかし濃密な攻防だった。

大成功じゃないか。透は口元だけでほくそえんだ。本当はハンドバッグを投げだして腹を抱えて爆笑してしまいそうなのを、かろうじてこらえていた。

あいつ本気で女だと思ってる。「無」の青山だとは、これっぽっちも思っていない。

本当は、誰かが自分の正体に気がついてしまうのではないかと恐れ、同時に少しだけ期待してもいた。

「お前、青山じゃないか」

「こんな格好でなにしてんだ」

そう言って、誰かが自分をみつけだしてくれるような気がしていた。しかしそんな人はいなかった。今、青山透という人間は消えたのだ。

透なんかいないんだ。ここにいるのは光だ。そう思えたらどんなに楽だろうと、ずっと考えていた。ここはまさにそんな世界だ。

透は渋谷の雑踏を歩きながら恍惚（こうこつ）となっていた。ここは安全だ。ここには、姉を残してひとりだけ逃げた卑怯な弟など、存在しないのだ。

【6】

山羊＞＞ウィルゴ、対応ありがとう。詳細が決まったら、また連絡を入れます。

そのメッセージを読むと、ピスケスこと深見恭一（ふかみきょういち）はスマートフォンをスリープ状態にして、パソコンデスクの脇のワゴンに載せた。ワゴンの天板にはバラバラの機種の携帯電話が六、七台置いてある。それぞれ画面上部にマスキングテープが貼ってあり、半透明のテープの上にはなにか鉛筆で書き込まれている。

彼のスキルはインターネット上で誰かになりすますこと。俗に「キャットフィッシュ」と呼ばれる行為で、コードネームの魚座もそこからきている。

今置いたスマートフォンには、「ランサーズ　ピスケス↓ウィルゴ、山羊」と走り書きしてあった。

細長いワゴンの下部には、パソコン周辺機器のACアダプタや、丸めた配線がごちゃっと詰めこまれ、カゴの上部から植物の根のようにデスクに向かってくねくねコードを伸ばしていた。

深見は、座っていた椅子をくるりと回してパソコンデスクに向かった。イームズ夫妻がデザインしたオフィスチェアだった。クロムメッキがほどこされたアルミの肘掛けをするりと撫でて、手をキーボードに載せる。

ディスプレイに表示されていたのはメール画面だった。差出人の名前に「派遣イメクラならココ！　征服☆交情委員会」と表示されている。

『そちらの要求は理解した。入店時二十、バックマージン三割で手を打とう。言うまでもないと思うが、破格の条件だから他の事務所やスカウトには絶対に他言無用で頼む。

こちらの条件は、二十代前半。黒髪ロングヘア。9号が入って、バストはDカップ以上。本番可。未経験の素人でもかまわない。こちらでみっちり研修する。

単にそこそこ働ける人材が欲しいんじゃない。うちの店の看板張れる嬢が必要なんだ。だからわざわざあんたたちに依頼してる。若さと顔には絶対妥協しないこと』

店長代理・石黒(いしぐろ)と書いて締めくくる。

そして、つと右手を伸ばし、あらためて「ランサーズ　ピスケス↓ウィルゴ、山羊」のスマートフォンを手に取った。専用メッセージアプリの画面を表示させる。山羊とのトークグループをひらくと、慣れた様子で片手で文字をうった。

ピスケス＞＞山羊、お前のことは信用してるけど。今回のこれ、ほんとうに危険はないのか？「お前はおとり役なんだ」って、あらかじめウィルゴに言っておかなくていいのか？

少し思案したのちに、メッセージを送信した。

これじゃまるで、俺たちが罠にはめてるみたいなんだよなあ、と、深見はため息をついた。

夜更けになって、深見は椅子の上でひとつ伸びをした。パソコンデスクの上には林檎マークのマシン。その脇からマリンブルーの箱を手にとった。蓋を開けてふりだすが、吸い慣れた紙巻きは出てこない。たばこの箱はからになっていた。深見は舌打ちをした。

壁の時計を見る。黒い長方形を組み合わせたアスタリスククロックは十一時過ぎをさしていた。散歩がてら買い物に出るか、と深見はオフィスチェアから立ちあがった。

板張りの壁に板張りの床。昭和の匂いのする八畳の部屋には、アメリカンミッドセンチュリーの温もりのある家具がよくマッチしていた。なめらかな曲線を描く木材と、アルミダイキャストのモダンな部品。有機物と無機物の機能的なとりあわせ。ただし、パソコンの周辺機器のそっけない白や灰色だけは、いまひとつしっくりなじまずにいた。

体をそらせ、何度か腰をのばしてから、深見は壁にかけてあるヘッドフォンをとって頭にかけた。ノーミュージック、ノーライフ、という人種ではない。ただ他人に話しかけられないように、外を歩くときにつけている。最近は邪魔な髪をおさえてくれる効果もある。少し癖のある柔らかい髪は、伸ばしっぱなしで肩につきそうになっていた。こんなに伸ばしたのは専門学校の時以来だな、と思う。

ズボンのポケットにふたつ折りの財布をねじこみ、鏡の前でちょっとだけ外見をチェックした。オレンジ色の薄手のパーカーにベージュのカーゴパンツ。少々無精髭(ぶしょうひげ)。昼夜逆転の生活をしていると、髭を剃るタイミングがつかめないのだ。

外へ出ると、昼間降っていた雨はすでにやんでいた。濡れたアスファルトの匂いに、蒸れた草木の青い香りが混じっている。もう夏だな、と深見は思った。夏が来たからといって、誰かとどこかへでかける予定もないのだが。それでも、どこか身軽になって遠くに行きたくなるような、軽薄な浮力を帯びた亜熱帯の匂いだ。

角のコンビニエンスストアを目指して歩く。駅に通じる大通りから、まぶしい電飾看板の明かりと少し生ゴミ臭い雑踏の気配が流れてきた。

ミントタブレットと炭酸水、漫画週刊誌をレジ台に置き、右手を差しだした。握っていたスマートフォンの画面を店員に向ける。店員の顔をみつめ、画面の文字を指さす。

『No．29のメビウス、カートンで』

店員はもう、近所に住む深見の顔を覚えているのだろう。さっと後ろを向いて用意してくれる。

家族以外の人間と口をきけなくなって、もう二年目になる。病名は「ＰＴＳＤによる突発性場面緘黙症」。もうすぐ三十になろうという男が、心の傷で声が出ない、なんて笑い話にもならない。

レジ袋をさげて帰宅した。築三十年の建て売り住宅は、門もアプローチもなく敷地に建物がぴったりとおさまっている。すでに眠っている両親を起こさないように、静かに鍵をまわした。暗い階段を上って自室に戻る。

ドアを開けると、ローボードの上に鎮座しているレーザープリンター複合機から、プリントアウトされた用紙があふれ出ていた。スリープにしておいたはずのパソコンのディスプレイには、仕事用のチャット画面が開いている。

深見はまず頭紙の送信票をみつけた。手早く床から書類をかきあつめて、右上のナンバーを見て揃えなおすと、チャットにメッセージをうった。


深見>>ごめん。今帰ってきました。

植竹>>おつかれさまです。

深見>>ＧＲシリーズの初稿修正指示原稿、受け取りました。全部で四十九ページでＯＫですか？

植竹＞＞今送ったのが、ＧＲ01版前半で、このあと準備できしだい後半送ります。02、03、07、11版に修正箇所あります。何時までに修正できますか？

深見はぱらぱらとページをめくった。炊飯器のイラストが随所に入っている。新米の季節に合わせてリリースされる国内家電メーカーの新製品だ。

深見の会社は、そのメーカーの子会社の下請けで、製品の販促用パンフレットと取扱説明書をつくっている。深見はＤＴＰ版下製作会社のデザイナーだった。自宅以外で声が出せなくなった今は、在宅勤務にしてもらっている。

深見＞＞ジョブリーダーの工数的には？

植竹＞＞計算上は１０Ｈ／人ですけど。五点ほど図表の差し替えがありまして。できれば明日、朝イチで社内の品証チェックを通して、午後には客先へデータ持って行きたいんです。

深見＞＞１０Ｈ／人って、俺ひとりじゃ間に合わない計算じゃん。

植竹＞＞ええ。これ、開発中の実機の仕様変更もありまして、客先からの原稿が大幅に遅れてる炎上案件なんですよ。かといって製品リリースを遅らせることはありえませんしね。こっちは派遣さん増やしてなんとか対応してますけど、派遣社員は夜間残業が割高できついんですよ。

泣きが入った。

深見はディスプレイの前で嘆息した。会社はいつもむちゃな仕事ばかりふってくる。

深見>>このシリーズ、メーカー側のテクニカルライター何人入ってんの？

植竹>>ひとりしか人員はさけないいって言われていて。

深見>>で、この時間に初稿返しで、明日中に二稿欲しいって？　まー、社畜のクライアントはやっぱり社畜ってことね。植竹さん、リーダーなんだし、営業だったらもう少しちゃんと事前に打ち合わせしておかないと、こんな仕事のまわし方してたらチームの誰かぶっ倒れるぞ。

人の良さそうな営業社員の顔が脳裏にうかぶ。大卒で年上だが、入社は深見のほうが早かった。自分の口がきけたら、その場に同席して製作チームの一員として意見も言えたと思う。

深見はグラフィックデザイナーにしては弁の立つほうだった。クライアントの言いなりにはならない自信がある。しかし今の自分では——もどかしい気持ちが、喉の奥でつかえている。

植竹＞＞やっぱり、そうなりますよね。明日社内で二稿の締切を再検討します。

深見＞＞いや、締切が明日なんだろ。さっさと五冊分の指示書送れよ。むちゃしてこそ製作部門だからな。朝九時には品証チェックにまわすデータ送ってやるから。交代で睡眠とろうぜ。

植竹＞＞ありがとうございます！

今夜も徹夜だ。深見は座りなおすと、レイアウトソフトを立ち上げてモニターに初稿のデータを開いた。

一年半前のあのとき、あの場所に居合わせなければ、なにもかも違っていたはずだ。深見はあの日以降、何度も夢をみた。オープンしたばかりのアートライフモールへ向かう自分の腕を、もうひとりの自分がつかんでおしとどめる夢だ。

――頼む。あそこへは行かないでくれ。

あるいは、あの少女に伝えたかったのかもしれない。白いロングニットを着た女子高生だ。あの子に、来てはいけない、と。

深見はあの日、アートライフモールにいた。知り合いのアートディレクターがプランニングから関わったという、都市近郊の中型ショッピングモールのオープンの様子を見ておきたいと思っていた。

ハイブランドをとり揃えた昔ながらのデパートはどんどん姿を消している。これからは、手に届く小さな贅沢を提案できる、生活密着型のこうした店舗が増えるだろう。深見は慢性的に寝不足の頭で考えながら、今後の参考になりそうなディスプレイやポスターをスマートフォンのカメラにおさめた。

知り合いに会うかもしれないと思い、服装には少し気を遣った。伸縮性のある素材のブレザーに、普段はしないネクタイまでしめていた。

二階のフードコートは昼時ということもあってにぎわっていた。旧玉電の車体がきれいに磨かれて、吹き抜けから差し込む陽を浴びている。ビルの建設途中に二台のクレーンでつりあげて設置された、このショッピングモールの目玉のひとつだ。戦後復興の時期から高度成長期まで街を走っていた、貧しいながらも夢に満ちていた時代の遺物だ。

深見はその車内に入ってみた。ふたつの車両がつながっている。その前後両端に運転席があった。乗降口は一両につきふたつ。フードコートの店側に面したドアが開放されている。

ワイン色のシートに腰かける。床はベージュのリノリウム。壁や天井は淡いグレーの塗装で明るい印象だ。網棚は緑色の紐を菱形に編んだネットになっていた。自分と同じように腰かけて車内を見物する人や運転席で遊んでいる子供たちの様子が見えた。

深見が休憩していると、だぼっとしたネルシャツを着た、さえない感じの十代なかばくらいの男の子が乗ってきた。興味深そうに黒縁眼鏡の奥からきょろきょろ見まわしている。いわゆる鉄道オタクというやつだろうか。天井に展示された、運行当時の玉電の写真を熱心にみつめている。

深見はなんとなくその少年を観察していた。残念な外見だ。もう少し眼鏡のフレームが小さかったら知的に見えるのに。もう少し肩幅があったら、ずっと男らしく見えるのに。

その後ろから、やたら垢抜けた少女がついてきた。色の白い小さな顔に、うるんだように光るとび色の瞳。まっすぐな髪を手で後ろへやると、シャンプーの広告そっくりに艶がはじけた。アイドルグループにこんな子がいたかもしれない、と考えた。もしいたとしたら、絶対に前列に立つ子だろう。

不釣り合いなカップル、そう思った。男のほうが貧相すぎる。

しかししばらく見ていると、どうやらカップルではなく、姉弟かあるいは幼馴染み、そういうもののように見えてきた。ふたりともろくに緊張感もなく、互いの機嫌を気遣うでもない。勝手気ままに歩きまわっていて、そこにデートのような甘い雰囲気はない。

それどころか、少女は少年のほうにお金を持たせて買い物にやってしまった。この混み合ったフードコートでパシリに使われる少年の心中を思うと、深見は少々同情した。

少女はそのまま、車体の前の方の座席に腰かけた。

ふいに、子供の歓声の間隙をぬって、ビー玉が転がってくるような音がした。深見が窓の外に目をやると、買い物カートをひいた男が玉電の車体に近づいてくるところだった。

整備工場で働いている人が着るようなツナギの作業着を着ていた。その水色の服は、あちこち黒く汚れていて、周囲の客がわずかに眉をひそめている。

いや汚れじゃない。

その小柄な男が近づいてくると、だんだんとそれが黒いペンの落書きだということがわかってきた。「童貞」「バカ」。そして今ではあまり見なくなった、女性器を意味する線と丸の記号が乱暴に書かれていた。

男は玉電の車体に近づくと、出入り口の部分にひざまずいた。床に箱のようなものを置いているようだ。

不穏な空気を感じた何人かがそっと車内から出て行ったが、気になった深見はそのまま男の行動をながめていた。

四つの乗降口全部にそれを設置すると、男はやっと車内に入ってきた。一番前の運転席の付近で膝をつく。

深見は嫌な予感がした。この玉電は走りこそしないが、照明のため内部に電気配線がなされている。前後の運転席の足もとには、コンセントがついているのだ。

案の定、男はふたつのプラグを差して、電源を確保した。その途端に、四つのドアが音をたてて閉まった。

車内の人間は一斉に立ちあがった。全員の顔に共通しているのは、不安と当惑。

「窓を閉めて、全員床に座れ」

小柄な男が甲高い声で怒鳴った。四十代なかばくらいに見えた。中途半端に伸びた髪が耳の上ではねていたが、笑う者はいなかった。

眉と目が細く、真面目で少し気弱そうな顔つきだ。しかし今は、青ざめて血管のういた額に充血した目で、周囲をねめつけていた。買い物カートからひきだした右手には、見たことのない武器が握られている。

いまだになにが起きているのかわからず、立ちつくしている乗客に、男はいらだち叫んだ。

「さっさとやれ」

ピッと、体温計のような電子音が鳴った。男が反射的に右手の得物を見た。

「充、電、完、了」

にたりと嬉しげに笑うのを見て、深見はぞっとした。かっと目を見開いたまま笑う男の顔は、常識から逸脱してしまった者の狂気をはらんでいた。

男はすばやく視線をめぐらせて、車内を見まわした。深見は、彼が誰かを捜しているのだろうかと思い、同じように視線だけで車内を見まわしてみた。

次の瞬間、しぱっ、と空気鉄砲のような音がした。男の持っていた銃器の銅線コイルの芯から黒く細長いものが飛び出し、目にもとまらぬ速さで床を打った。跳ねかえったそれは、閉まった電車の扉をたたく。

耳の奥がかゆくなるような金属音。

消えた、と思ったとたん、深見の頭上で蛍光灯のひとつが割れ飛び、火花が散った。細かいガラス片が降り、近くにいた乗客は頭をおおってその場にしゃがみこんだ。

「もたもたするな」

へなへなと数人が腰を抜かしたように床にくずれた。人は本当に驚くと、むしろ無言になるのだと深見は思った。

ツナギの男は武器を手にしたまま、全員を床に座らせ数を数えた。

閉じこめられているのは二十六人。左右から突き出された座席を避けて、細長い車体の床の中心部分に、三人くらいずつ列を作って座った。

自分は年格好から、犯人に警戒されそうだ、と深見は思った。そんなことを考えられるくらいには落ち着いていた。

人質の中には、深見の他にも若い男性が数人いた。見たとおりの単独犯なら、彼らと結束すればとりおさえられるのではないのか、と考えをめぐらせる。

深見は、運動と縁のなさそうな作業着姿の男を注意深く観察した。運転席に腰かけて周囲を警戒している男から、一メートルほどの間をおいて二十六人が並んでいる。深見はかなり後ろのほう、車両のつなぎ目あたりに座っていた。

床に座ると、視界が低くなって窓の外の様子はまったくわからなかった。それでも、さっきとくらべてずいぶん静かになったように感じる。車内の様子に異変を感じた客がフードコートから立ち去ったのかもしれない。

深見は前のほうに、白いニットの少女をみつけた。そばに小学生ばかりの四人の集団が、体育座りで小さくなっていた。七、八歳くらいの女の子が三人に、ちょっと小さな男の子がひとり。不安で泣き出してしまいそうな彼らを、少女が励ましてやっているようだ。

「みんなケータイ持ってるんだろ。警察にでも家族にでも、さっさと連絡したらいいんじゃないか？」

男は煽るように言う。そう言われても、なかなかみな動きだそうとはしなかった。

そのうちそろそろと、ひとりの女性の腕が動いた。三十代くらいの主婦だろうか。肘から下だけを動かして、そっとハンドバッグの中でスマートフォンをいじりだしたのが、後ろにいる深見から見えた。

男はその様子を見て鼻で笑った。

「もし警察にかこまれちゃったら、さっさと皆殺しにするだけだから。自分たちでその運命を早めてもいいよって俺は言ってるんだよ」

淡々と語られるその言葉に、女性の肩がぴくっと硬直した。

「一体、あんたはなにがしたいんだ」

誰かが声をあげた。歳をとった男の声だ。

「うん」

質問を受けた男は嬉しげにうなずいた。教室でひとりぼっちだった転入生が、初めて遊びに誘ってもらったような顔だった。その無邪気な顔を見ると、こいつは本当は悪人じゃないんじゃないか、と思えるほどだった。

「いいね。誰かに興味をもってもらうって、想像以上に嬉しいもんだね。こんなことになんなきゃ、あんただってきっと俺みたいなのに話しかけることもなかっただろ。このさい、ゆっくりお話ししようか」

「あんたはこれからどうするつもりなんだ。このあと、私たちはどうなるんだ」

今度は声の主がはっきりとわかった。深見の二列ほど前にいる、六十代くらいの男性だった。短く整えた髪はほとんど白髪で、ゴルフウェアらしく肩にスポーツメーカーのロゴが入った辛子色のセーターを着ていた。そばにいるのは娘だろう。二十代後半くらいの女性が男の腕をゆさぶって、「やめてよ」と小さく叫んでいる。

「俺はどうするつもりなんだろうね。どうしたいんだろうね。なんかそれって、ちょっと前に流行(はや)った自分探しみたいでいいよね。あんた、俺の意図がききたいんだ？」

男は喉をならした。笑っているようだ。手作りのコイルガンを一瞥(いちべつ)すると、目を細めて言った。

「俺にはさあ、説明するような意図なんかねえんだよ」

ゴルフウェアの男性はおそらく時間稼ぎに話しかけているのだろう。しかし膠着(こうちゃく)状態は長くはもたない。深見はそう思った。

この犯人は自分がやっていることに、本当はひどく緊張し、怯えている。なおかつその精神的圧迫からのがれるために、わざと余裕がありそうにふるまっている。

こいつは見た目より導火線が短いぞ。扱いに注意しなければ。

作業着の男は小首をかしげて少し考えていた。それは年齢に不釣り合いな幼い動作だった。そして、突如立ちあがると演説のように語りだした。

「じゃ、こんなのはどうだよ。長者番付上位の資産家たちに、強制的に資金を提供させて新しく基金を作る。そして非正規社員、保育園待機児童のいる家庭には一律、五十万円を支給。残業月百五十時間以上を強いられている被雇用者には転職資金としてやはり五十万。貧困学生の奨学金制度も新しく作り直す。富の再分配だ。どうだ？　なかなか有意義なプランじゃないか？　こんなのを政府に要求すりゃ、あんた納得か？」

　先ほどの男性は額に冷や汗をかいている。挑発的な口調に対する怒りのせいなのか、握りしめた拳が震えている。

「そういう大義のためなら、ここにいるみなさんは納得して死ねるってことか？　俺がこういう暴挙に出ても仕方ないってあきらめがつくってか？」

「私たち死ぬの？」

　前列の小学生が悲鳴のような声をあげた。

　男は迷惑そうに眉を寄せた。

「残念なんだけどね、俺はそういうの嘘くさいと思うんだよ。信念のためとか、この国を変えるためとか。そうだろう？　峻烈な学生運動のなれの果てとか、俺たちはもう見ちゃったじゃないか。テロリストには思想がなきゃだめか？　信教がなければだめか？　そんなもの、結局は意気地のない奴を結束させるための方便だろ。理想なんてようするに、実行力を確保するための道具にすぎない」

　男は運転席から立ちあがり、すがすがしい顔で宣言した。

「俺は純粋な暴力になりたいんだ」

生徒会長に立候補します、と優等生が宣言するような口調だった。車内は葬式のように静まりかえった。

「暴力、という言い方でわかってもらえないなら、理不尽と言いかえてもいい」

男はゆっくりと歩き、座っている壮年男性の前へ立った。モーゼを迎えた紅海（こうかい）のように人質たちは左右に割れた。

「先輩、『失われた世代』って言葉を知ってるか？『就職氷河期』はどうだ？　あんたらにとってはもう過去のことか？　ゆとりとかゆとりじゃないとか、くっだらねえな。俺たちの世代はな、最初っから負けが決まっていたんだよ。この不況の、おとしまえつけさせられる世代だったんだよ。

あと数年早く生まれていたら、人生は違っていたのに。世間がバブルでうかれ狂っているあいだ、遊ばずに真面目に勉強して。努力して。今、我慢すれば、将来いいことがあるって言いきかされて。その行き着く先は、こんなエアポケットの中。自分ひとり糊口（ここう）をしのいでいくのも必死の世界。

平凡なサラリーマン？　笑わせるなよ。サラリーマンにさえなれなかった人間が今、どんどん老いに向かって追いつめられている現実を知っているか？　お前らから見たら、可哀想（かわいそう）な負け犬世代か？　でも、俺たちのほとんどは、勤勉な、努力家だった。そして、みんな、まともに、生きたかったんだよ！

俺はもう充分『理不尽』というものにふりまわされた。だからこんどは俺が『理不尽』を遂行する。さあ見ろよ。俺こそが、お前たちが出会ってしまった不可避の『理不尽』だ」

あはははは、と高笑いが響いた。

深見は絶望した。こいつには要求などないのだ。自作の武器をふりまわして、誰かを苦しめて憂さ晴らしをしたいだけだ。

それでも、こんなやり方でしか苦しみの出口を求められないどうしようもない人間が、たしかにここにいるのだった。道化師のような泣き笑いに歪んだ男の顔をながめながら、深見は家にいる両親のことを思った。

土曜日。今ごろは夫婦ふたりで大河ドラマの再放送でも見ているのだろう。

家を出るまで嫌というほど近くにあった日常が、今は夜空の天体のように遠くに感じられた。

(俺、今日帰れるかな。ごめんな、遅かったら先に飯食ってて)

深見は、自分ががらにもなく泣きそうになっていることに気がついた。

「すみません。あの、この子たちがトイレに行きたいって言うんだけど」

突然若い女性の声がした。はっと顔をあげた人々の視線の先に、白いニットを着た少女がいた。ホームルームでのひとコマのように、挙手して発言している。

膝を折って横座りになっている彼女の足もとには、四人の小学生たちがひきつった顔のまま、親鳥に寄り添う雛のようにへばりついていた。

「私、連れていってもいいですか？　あの、すぐそこだし」

少女は中腰になって電車の窓越しに、指をさした。

フードコートと外周の通路の境目に、ドラセナの鉢が置いてあった。つややかな青い葉の先には、さらに奥へ入る通路があった。壁の上方に、エレベーターとトイレの表示がかかっている。

男がじっとりと少女を見た。

「私たち逃げませんし。入り口もここから見えるから、いいですよね」

少女は片手でトイレへ続く通路を指さし、もう片方の手を胸の前でぎゅっと握っている。ふたつのふくらみの間におしつけられたその拳は、強く握りしめられて指の節が白くなっていた。まったく空気が読めていないかのように能天気にしゃべっているが、本当は死ぬほど怖いのだろう。

「べつに、どうせここは血で汚れるし、このまま漏らしても俺は全然かまわないんだけど。なんならあんたも、衆人環視でおしっこしてみるか？」

嘲るように言ってねばついた視線で少女を見た。作業着の男も、彼女がかなりの美人だと気がついたのだろう。

ひーーっと声にならない声をあげて、小学生の女の子のひとりが少女の膝に顔を伏せた。つやのない黒いタイツに包まれた、ボウリングのピンみたいに表面のなめらかな脚だった。

男は神経質に頬をひくつかせた。耳障りな悲鳴にうんざりしたようだ。

「しょうがないな、三分で帰ってこい。お前はここから見えるようにあそこに立ってろよ」

「はいっ」

少女は四人の小学生を連れて立ちあがった。男が近くの扉の前に立ち、手動で少し隙間を開けた。

恐怖で脚に力が入らないのか、それとも本当にトイレが限界なのか、膝を曲げたままぎくしゃくと玉電を降りていく子供たちを、閉じこめられた人々は羨望のまなざしでみつめていた。

床に座っている深見には、窓の外の様子はよくわからなかった。男はちらちらと定期的に窓の外に視線を送る。少女が通路の前に立っているのを確認しているのだろう。

「父さん……父さん、ちょっと、大丈夫？」

うろたえた声が前のほうからきこえてきた。さっき作業着の男に話しかけた年配の男性と連れの女性だ。辛子色のセーターに包まれた上体が、ぐずぐずとまえのめりに倒れていくところだった。

「父さん、しっかりしてよ、ちょっと」

深見は思わず立ちあがって、まわりの人をかきわけながら、すがりついている女性のもとへ行った。

「持病か？」

心臓病の発作かなにかだろうか。

「勝手に動くな」

深見は男の声を無視した。

倒れた男性をあおむけに寝かせる。苦しげにしかめた顔は蒼白で、冷や汗が額から頬に幾筋も流れていた。呼吸も荒い。深見はとりあえず、ズボンのベルトをゆるめた。連れの女性が自分のハンドバッグを枕代わりにして、男性の後頭部と床のあいだにはさんだ。

今にして思えば、さっき男と話していたときから、手も震えて、やけに汗をかいていると思っていた。あのときから、体調が悪いのを必死でこらえていたのかもしれない。

「誰か、誰か、トーシツをください！　飴とか、ジュースとかありませんか」

連れの女性が声をあげた。そして深見にすがるように言う。

「父は糖尿病なんです。さっき食事のためにトイレでインシュリンを打ったんです。はやく食事をしないと低血糖症になるんです」

それを聞いて、深見はやっと「トーシツ」が糖質のことだと理解した。

「父さん、しっかりして、父さん！」

女性が、寝かした父親を揺さぶっている。目がとろんと半眼になってきた。嗜眠状態だ。意識が遠のきかけている。男性が危険な状態なのは、医療の専門知識のない深見にもわかった。

「誰か、手元にある食べ物、甘いもの、ジュース……お菓子やパンでもいい。飲み込みやすい炭水化物をくれ」

深見も叫んだ。たしか、さっきまで食事中の客もいたはずだ。

横になった壮年男性のかたわらで立て膝になっている深見の頭に、かつん、と硬いものがおしつけられた。

「だから、勝手なことすんなって」

不機嫌な声に、その場の空気は一瞬で氷点下になった。誰も動かない。固体になった空間の中に、壮年男性の苦しげな呼吸音だけが不規則にきこえてくる。

「いや……これは、緊急事態でしょう」

やっとの思いでそう言った深見は、えずきそうになる恐怖と戦っていた。

全身が震え、男の顔が見られなかった。目があった瞬間に、自分の頭はさっきの細長い黒い棒で串刺しになっているかもしれない。二本の鉛筆を頭にあてて、矢が刺さったー、などと言ってふざけていた少年時代が脳裏によみがえった。

いや、今はシャレになんねえよ、と心の中で毒づいて、なんとか心を持ち直そうとする。

「び、病人は、なんとかしないと。運び出す、とか」

「た、炭酸でよければ、ジ、ジュースあります！」

学生だろうか、若い男性が突然立ちあがった。手にファストフード店の紙カップがあった。赤と黄色のストライプのストローがささっている。

「すみません、僕の飲みさしですけど」

おずおずと差しだした。

「いいから、こ、この人に」

「あ、ありがとうございます。ありがとうございます！」

連れの女性が、何度も頭をさげて受け取ろうとした瞬間、作業着の男がそれを無情に払いのけた。

紙カップは床に落ちて、一度はずんだ。ストローのささったポリエチレンの白い蓋が、ぱかっとはずれて紫色の中身がひろがる。座っていた他の客たちは、甘い人工的なグレープの匂いのする水たまりをあわてて避けた。

「あ、あああ」

　女性が絶望的な声をあげた。どうかしてしまったように、床の液体を指ですくって、父親の口に入れようとしている。誰かが彼女にハンカチを貸してやった。ハンカチにこぼれたジュースを染みこませて、父親の口へ運ぶ。何度もくり返し滴を絞り出している。

　深見にコイルガンをあてた男は、さげすむように必死の作業をながめていた。女性の着ていた若草色のカットソーの袖は、みるみるジュースの色に染まった。

　横になっている壮年男性の手がぶるぶる震えていた。口に少しずつ注ぎ入れられている甘い液体は、ちゃんと飲み込めているのだろうか。深見の目には、状況がよくなっているとは思えなかった。

　やがて痙攣（けいれん）が起きた。目をむいて泡をふき、脚をつっぱってがくがくと揺れている父親の姿に、娘は目に涙をうかべ、それでもジュースを運ぶ。

「もう無理だ。誤嚥（ごえん）が起きる」

　深見は腕をのばして、女性の肩をたたいた。

「お前は動くな」

と再び、コイルガンで頭をこづかれた。

　突然恐怖が消えた。腹の奥から沸騰するような熱がわいてくる。わきあがる怒りが恐怖を追い越した瞬間だった。

(撃てるもんなら、撃ってみろ。俺だって腹をくくってやる。お前が引き金をひくまでのあいだだけでもいい。俺が交渉人になってやろうじゃないか)

「なあ、きいてくれ。この人はもう俺たちの手にはおえない。救急搬送が必要だ。頼む。いったん休戦しよう」

「このままじゃ、脳障害がおきます。どうか父を助けてください」

女性が作業着の男に懇願する。男がなにか言う前に、みずから土下座の姿勢になった。

「な、この人だけを、車外に運び出して搬送してもらう。それで仕切り直しだ。誰も逃げない。それでいいだろ?」

深見はなるべく落ち着いた声で、ゆっくり話した。

「病人? だったら病人らしく惨めに苦しめばいいだろ? 誰もここからは逃がさない。だってここは『理不尽』な世界だから。お前たちの常識は通用しないんだよ」

男は自分の偉そうな言葉に酔っているようだった。

「じゃ、さっきの子供たちはどうなんだよ。あいつらトイレタイムなんだろ? 一次的に離脱してる。同じことじゃないか。だったらあいつらが戻ってくるまで――」

それまで深見と話していた作業着の男は、急に思い出したように視線を窓の外へやった。

「……バカっ」

「……あーあ」

車内に小さな非難の声と、失望のため息がきこえた。

「……黙って逃がしてやれよ。なんでわざわざ思い出させせんだよ……」

深見は、燃えるように血がのぼった頭から、逆流するように血の気がひいていくのを感じた。

（逃がしてやれ？……そうか、あの少女は子供たちを逃がしたのか。それなのに俺は）

背骨のかわりに氷の棒をつっこまれたようだった。足が震えだした。さっきとは種類の違う恐怖が襲ってきた。

ひそやかな非難の視線は、鋭利な棘（とげ）になってあちこちから深見に突き刺さってくる。寒くてたまらないのに、下着のシャツがびっしょり濡れるほどの汗が噴きだした。

「三分過ぎたな。じゃ、お前があの女をここへ連れてこい」

作業着の男は、土下座していた女性に言った。

「本当にガキどもがいなくなったのか、確認してからな」

「あ、あの」

「そしたら、こいつのことは考えてやってもいい」

断続的に痙攣の続く男性の足を、ぽん、と蹴っとばした。

「で、でも、そしたらあの子は？」

女性が怯えた声で尋ねる。

銃器を持った男は楽しげに問い返した。

「どっちをとる？」

少しの迷いもなかった。女性は立ちあがった。ふらふらと糸で吊られた人形のような足取りで、さっき子供たちが降りていった扉の前に立った。

男が扉を開けてやると、女性は白いニットの少女のもとへ、意思のないロボットのような足取りで歩いていった。

深見は膝を立てたまま、首を伸ばしてなりゆきをみつめていた。

いつのまにか人気がなくなってがらんとしたフードコートに、女性の中ヒールのパンプスがこつ、こつ、と心細い音をたてる。ヘアクリップでアップにしたパーマヘアは無残にくずれて、耳のまわりにほつれ毛がたくさんたれさがっていた。カーディガンとインナーが対になったカットソーの両手の袖が、紫色のグラデーションに染まっている。

廊下の入り口に立っている少女に近づき、話しかけ、細い腕を強引につかんで戻ってきた。

男は開いた扉の内側から面白そうにその様子をながめていた。

「お前ひとりか？　ガキはどうした」

男が、白いニットの女の子に詰問する。

「いなく、なっちゃった。……迷子になったのかなあ」

とぼける声は、憐れなほど動揺していてたどたどしかった。隣に立つ女性はこれから起こる制裁を思い、声も出せないまま顔を歪めて涙と鼻水を垂らしている。

「俺はさ、無視されるのと、バカにされるのが一番嫌いなんだよ。とくにお前みたいに、生まれつきの外見だけでちやほやされて、上等の人生歩んできたような人間にはな」

恫喝とともに銃器が突き出された。男が目をすがめる。照準はおそらく少女にあっているのだろう。

「こんなことやめてよ。やめようよ。ねえ、大丈夫だよ！　これからだよ。これからいいことがあるんだよ！」

ニットの少女は、突然両手を胸の前で広げ、マシンガンのようにしゃべりだした。まるで自分を鼓舞するようだった。自分で自分の吐いた台詞(せりふ)にしがみついている。そうしていなければ、恐怖に溺れてしまうのだ。

男は銃器をかまえたまま無感動に問い返した。

「へえ、そうか？」

「そうだよっ」

少女はありったけの力で、微笑んでいた。頬にくっきりえくぼができる。自分の顔から、愛嬌を最後の一滴までしぼり出すかのようだった。

「おじさんにだって、きっと幸せがくるよ。進学とか就職のことだって、おじさんだけじゃない、みんな大変なんだよ。誰だって思いどおりにならない人生を一生懸命生きてるんだよ。それはみんな一緒なんだよ。見た目なんでもないように見えていても、怪我(けが)とか病気とかのりこえて頑張って生きてるんだよっ」

少女を連れてきた女性が、両手で顔をおおい、膝を折って嗚咽する。

「みんな幸せになるために生きてるんだよ。おじさんだって、大丈夫だよ。大丈夫だよ。だいじ」

言い終わらぬうちに、トリガーはひかれていた。

少女は電池が切れたように倒れた。血しぶきがフードコートの床にマーブル模様を描く。

玉電の車内から、息をのむ音と悲鳴があがった。少し離れたところでフードコートの椅子が倒れる派手な音がした。

そしてまた静まりかえった。音の消えた世界で、羽のようにひろがった長い髪と、きらきらした装飾のついた白いニット生地を、じわじわと暗い赤い色が浸食していった。

深見は車内に突っ立って、窓から全てを見ていた。

うつくしい少女は、左目から黒い棒を生やして血の涙を流している。右の目で虚空をみつめ、もうぴくりとも動かなかった。

深見は口をひらいた。獣のように咆哮（ほうこう）するはずだった。

しかし、彼の声はそのときすでに枯れていた。耳の奥で脈打つ音がしていた。頭の血管がはちきれそうに痛い。それ以上に、腹の底が行き場のない怒りで焼けつくようだった。自分の失態への失望と怒り。

（クソっ。俺が英雄気どりで、余計なことを口走ったからだ）

作業着の男は車内のほうへ首をまわした。苦しげに浅い呼吸をくり返す深見を、満足そうに見る。

「どうだ、わかったか。これが理不尽だ。俺が今まで味わってきた残酷な世界だ」

その顔には、不気味なことに親愛の情さえうかんでいるようだった。

そして、玉電の床の上にのびている壮年男性をちらりと見た。もはや痙攣はとまり、今度は大きないびきをかいていた。口の端から唾液が流れている。かすかに尿の匂いがする。

「ああ、もう手遅れみたいだね。まあ、最初から搬送はしないけど」

吐き捨てて、男はいまだに少女の遺体のかたわらで泣いている女性に怒鳴った。

「さっさと中へ戻れよ。仕切り直し、なんだろ？」

深見はあの事件以来、自宅で両親と話すとき以外は声が出せなくなってしまった。

車内で低血糖症に倒れた壮年男性は事件解決後に病院に搬送されたが、重い脳障害が残り、二年近くたった今も意識不明のままだときいている。

犠牲になった少女の葬儀に、深見はこっそり参列した。

町田（まちだ）にある墓園の中の斎場だった。焚き火（たびび）の匂いのする園内をひとりで歩いていった。毛筆で書かれた「故　青山光」の看板をみつけると、気持ちの整理はしたはずだったのに、一瞬で口の中が乾ききり、心臓は鼓動を速めた。

遺族の前に進み出て焼香をする勇気は出ず、ただ遠くから葬儀を見守るのが精一杯だった。四名連名の大きな花輪が届いていた。送り主はあのとき逃がしてもらった小学生の保護者らしい。カサブランカを使った豪華な花輪だった。

最後に少女の両親が出てきて一礼した。あの日、玉電の車内でみかけた黒縁眼鏡の痩身の少年が、その隣に立ち、詰め襟姿で遺影を抱えていた。

弟だったのか、と深見は思った。そして彼の表情に自分と同じ感情を見いだした。

それは自責の念だった。自分を恥じる哀しい顔だった。

青山光という女子高生が、「アートライフモールたてこもり事件」のさなかに小学生の一団を逃がして最初の犠牲者になったことは、新聞の紙面を大きくさいて報道された。

惜しまれるべき若い命だ。

同時に、「あのとき一緒に買い物に来ていた弟のほうはなにをしていたのか」と当然のように興味を持って詮索する者もいただろう。少年は憔悴しきっているように見えた。


深見は時々、昔のように話せるようになった夢を見る。

通い慣れたオフィスに、前ぶれもなく復帰する自分。驚く製作チームの面々に余裕の笑顔で挨拶し、長い間通電されていなかった自分のマシンの前に座る。饒舌で頼れるデザイナーが復帰したことで、疲れきった社内に明るい空気が流れる。

あるいは、あのにっくき男が暮らしている東京拘置所へ行く。面会を申し込み、現れた男に、面会室のアクリル板越しに罵声のひとつも浴びせてやる。

(いや違う)

自分が本当に一番に行くべきところは、あの黒縁眼鏡の少年のところだ。

一番に彼のもとへ行ってこう告げるだろう。

「お姉さんが亡くなったのは、君のせいじゃない。全部俺の責任だ。俺が余計なことを言ったからなんだ」

そう告白するとき、きっと自分はみっともなく泣くだろう。

失われた命はかえらない。しかし、あの少年が心から微笑むとき、深見は自分で自分を許せるようになるのではないかと、祈るように思うのだ。

【7】

透は自宅のパソコンの前にいた。

リビングの角のパソコンデスクにノートタイプが一台あり、それを家族で共有している。購入したときに、母がきっちり未成年者用のフィルタリングを設定したので、アクセスに制限はあるが、今回は利用できそうだった。

つけっぱなしにしたテレビでは、夕方のニュースが始まっていた。梅雨明けはいつごろでしょうかと、番組の冒頭でキャスターたちが話している。

透は布張りの椅子に腰かけ、パソコンの画面を見た。頭上の棚にはプリンターとインターネット用モデムが置いてある。足もとにはたこ足配線になった延長コードと、段ボール箱。中には取扱説明書や使っていないケーブルが入っている。マウスを置いているスペースには、年賀状を印刷したときに使った市販のイラスト集が、まだ置きっぱなしになっていた。

透はインターネットのブラウザを立ち上げた。検索画面で「クラージュ」「ハニー工房」と入力すると、すぐにハンクラサイト上にあるまあやのショップがみつかった。

トップに掲げられた写真は、牛革製のテントウムシのモチーフに、スワロフスキーの石を貼ったキーホルダーだった。微妙にピントがずれていて、ラインストーンがくすんだように見える。角の鋭い輝きが感じられない。

「ゴージャスでキュート。大人可愛い女王蜂（クインビー）へ」

マウスを握って画面を下へ送っていくと、ラインストーンを貼った小さな鏡や、ピルケース、コンパクトが現れた。展示品として載っているスマホカバーの写真には、ハートマークとその横に数字が表示されていた。十人が「お気に入り」として登録しているということらしい。

キラキラした印象のはずなのに、光のあたり方が悪いのか全体的に安っぽく見えた。

お知らせボード、と書かれた画面にまあや本人の書いたメッセージが残っていた。

『六月の紫陽花（あじさい）シリーズ発売中です！　次の新作は、七月七日の午後六時にアップします。七月は、七夕にちなんだロマンチックなお品をご用意しています。どうぞ、あなただけの星の輝きをお手元においてくださいね。よろしくお願いいたします』

お知らせの下には、ファンのコメントがぶら下がっている。

『まあやさん、いつも頑張ってますね。新作を拝見するの、楽しみにしています！』

『七夕にアップするんですね。やっぱり星のデザインになるんでしょうか』

『まあやさん、今年も夏のハンドメイドフェスタには参加予定ですか？　予定が決まったら教えてくださいね』

サイト内で交流している友達は多く、顔は広いようだ。

一方で作品数はあまり多くない。月一回新作を出しているが、それもここ三ヶ月ほどのようだ。完売の印のついた作品はない。コメントの交流は多いのに、商品のレビューはあまりついていない。作家仲間は多いが、お客はまだあまりつかんでいないのが現状のようだ。

透は今度は自分のスマートフォンを出して、ピスケスからきいたミハルのＳＮＳにログインした。

ミハルのプロフィール欄は、お皿に載ったショートケーキと、ガラスの紅茶ポットの写真だった。楕円形のポットの中には、オレンジやイチゴやベリーがにぎやかに入っている。花束のような果物のまわりで、褐色の液体が周囲の風景を歪ませながら透かしていた。アンティークショップ風のカフェで撮影したようだ。

(この女性になりきるんだ)

透は集中して投稿を読んでいった。

『紫陽花シリーズ、やってきました～！』

コメントのついた写真には、ラインストーンのついたリップミラーと、お揃いの色合いのミントタブレットケース、カードホルダー用のリールの三点セットが映っていた。

ぎっしりと銀色の石を貼った中に、淡いブルー、紫、ピンクがランダムに配置されている。近くで見るとランダムに見えるが、遠くからみるとグラデーションになっていた。

よく見ると、石の並び方にほんの少し乱れたところがあって、やはり手作り品なのだと透は思った。

『ミハルさん、お買い上げいただきありがとうございます。商品はいかがでしたでしょうか。大学のお友達の反応はよかったですか？　気に入っていただけると嬉しいです』

この写真のコメントには、まあや本人からの返信があった。まあやはSNSにもアカウントを持っていて、新作の宣伝や、ファンとのやりとりに利用しているようだ。

『まあやさんのショップは素敵なデザインがたくさんで、前から気になっていたんです。こうしてこまめにコメントで交流してくださるのも嬉しくて、すごく勉強させていただいています』

『失礼しました。ミハルさんもハンクラ作家さんですか？』

『私はこっそり作品を作っているだけで、まだサイトに登録はしていないんです。でも、いつか販売したいので、どうやったら売れるのか勉強中です。まあやさんは、ブログはやってないんですか？』

『そうですね。ブログは宣伝ツールとして優秀だと思います。でもブログは、ハンドクラフト以外の私生活も素敵な人向けなんですよね（笑）。お家のインテリアや、お花のあしらい方だとか、子育てのライフハックとか。そういうのをアピールできる人向けですよね。私はそういうふうに私生活を見せることにちょっと抵抗を感じるので、ブログはやっていないんです』

『そういう戦略がちゃんとあるんですね』

『もちろんです。みんな考えてやってますよ。ＳＮＳはこうしてミハルさんみたいに、写真で拡散してくれる方が頼りです。お客様がお勧めしてくださると説得力があるので、とってもありがたいです』

『私はＳＮＳに感想を載せていると、こうして他の作家さんが仲良くしてくださるのが嬉しいので……でも、まあやさんのお力になれて嬉しいです』

『私ももっともっと喜んでいただける作品作りを頑張ります。ミハルさんもこれから作家として一緒に頑張りましょうね』

『わあ、ありがとうございます。もっと勉強させてください！』

透は誰もいないリビングの一角で静かにうなった。

まあやは作品を売るために、こうして客やハンドメイド作家にこまめに声をかけて、手広く交流している。やさしく声をかけて、お友達になった感覚をうえつけて、買ってくれるように誘導するつもりなのだろう。

作家同士がおつきあいで互いに作品を買いあう。作品を褒めあう。不毛なようだが、それが積み重なれば、たくさん販売している人気作家のように見えるだろう。まあやは地道に実績をつくろうとしているのかもしれない。

透は再びパソコンの画面に視線をやった。まあやのショップをみつめる。

ハンクラサイトでは登録者も作品も日々増えている。みんなが自慢の手作り品を持ち寄って、売り買いしている。のみの市やバザーのような、活気があって楽しげな雰囲気が満ちている。

しかし一度上を目指したら、厳しい競争の世界だ。現実の数字に一喜一憂する毎日が待っている。どうやれば生き残れるのか、成功者になれるのか。

まあやは人脈やコネをつくってなんとか浮上しようともがき、ミハルは一生懸命そのコツをつかもうとしている。ノウハウを勉強すれば、ちゃんと努力すれば、自分だって人気作家になれるはずだ、と信じている。

ハンクラサイトのページ下部には、運営がユーザーにお勧めする他のショップの画像が、一列に並んでいる。それは、雑誌に載っているような雰囲気のある写真だった。それらにくらべると、まあやのショップはひどく素人くさく見えた。お洒落（しゃれ）なロゴも、目をひくようなお店のアイコンもない。

透はミハルのアカウントをさかのぼった。一番最初のコメントは四月になっている。

まだ潜入依頼のなかった時期だ。なんらかの方法で、ピスケスはコメントのタイムスタンプを偽装しているのだろう。

ミハルは最初につぶやいている。

『三年生になりました。今年は就職活動です。去年みたいにいっぱいお出かけはできませんが、悔いのないように頑張ります』

添えられているのは、ハンガーにぶら下がった細身の黒いスーツの写真。お決まりのリクルートスーツだ。

（そうか。大学三年生って、そういう時期なのか）

透はさかのぼってみてよかった、と思った。本来ならミハルは今頃、エントリーシートを書き、会社説明会に参加して――その片手間にハンドメイドに精を出して、売れるコツを仲間から学ぼうとしている。

就職活動は頑張る。でも、本当は会社の歯車になんかなりたくない。個性で勝負できる人になりたい。そんな気持ちが、コメントの裏側で揺れているような気がした。

ミハルのアカウントにダイレクトメールが届いたのは、数日後のことだった。

透は学校の図書室で、期末試験に向けて勉強している最中だった。そっとスマートフォンを出して内容を確認した。

プラスチックのついたてで仕切られた白い木製デスクの上で、作りかけの単語帳が開いたままになっている。

『ミハルさん、こんにちは。七月二十日のクラージュのイベント、参加する予定ありますか？　それともそろそろ大学の試験の時期かな？』

しばらく静観していると、ピスケスがミハルになりすまして返事をうった。

『こんにちは、まあやさん。それって夏のハンドメイドフェスタですよね。クラージュのトップページで見ました。ひょっとして、まあやさん出展されるんですか？』

透は、クラージュのトップページを表示させた。大きなイベントの告知があったのは、なんとなく記憶にあった。横浜の貿易ホールでハンドメイド作家の頒布会が行われるらしい。ハンクラサイトの人気作家はこぞって出展するようだ。

『いえいえ、私はまだまだ……出展しても売れる自信ないですよ。今回は一般参加です。そこで、ある講習会があるんですけど、ミハルさんも一緒に行ってみませんか？』

イベントの概要には、開催されるホールの一部にスペースをつくり、子供向けの簡単なキャンドル作りや、ビギナー向けの手芸講座が行われると書いてあった。

『講習会ですか？　ハンドメイドの？　まあやさんのやっているようなデコレーション関係の講習会とかですか？』

『いいえ、作品の作り方がメインの講習会ではないんです。ハンクラサイトでどうやって自分のお店を成功させるか、その秘訣を教えてくださる先生がいるんです。他の作家さんたちから評判をきいていて、前から一度参加してみたいと思っていたんです。ミハルさんもよかったら一緒にその方のお話をききに行きませんか？』

『なんていう人ですか？』

『主催者は香内美里先生で、セミナーの名前は「エヴァジオン」。フランス語で脱出っていう意味なんです。今の自分から脱出して、新しい自分をみつけにいこうっていう意味らしいです。ネットで調べてみたらセミナーのブログがみつかると思います。集まる受講生はみんな私やミハルさんみたいに夢を持っている人たち。その夢を明文化して目標にするところから始まるらしいです。作品の販売を始めた初心者向けのセミナーで「夢をきりひらく魔法の鍵」を作るんですよ』

『わあ、わくわくします。でも私、学生なのに参加して大丈夫ですか？』

『もちろんです。初心者向けなので、とくに難しいことはないと思いますよ。自分の夢を実現するにはどうすればいいのか、実践的なアドバイスがもらえますよ』

『わかりました。そのころはもう試験も終わっているので、ぜひ行きたいです。参加させてください』

『よかったです！　いつもすぐ満員になっちゃうので、私が申し込んでおきますね』

『よろしくお願いします』

どうやら、これが例のイベントということらしい。透は会話を確認すると、ランサー用のアプリを開き、ウィルゴと山羊とのトークグループにメッセージをうった。

ウィルゴ>>ピスケスさんのおかげで、さきほど、まあやがセミナーに誘ってくれました。これに参加するのが今回の依頼ということでいいんですね?

図書館の空調はちょっと寒いが、静かで居心地がよかった。透は山羊の返事を待ちながら、教科書にマーカーペンで印をつけた単語を、小さなカードにぼちぼちと書き写していった。

山羊>>そうです。日程的には大丈夫ですか?
ウィルゴ>>二十日は土曜ですよね。期末試験は終わっているので大丈夫です。

透にとってはちょうど試験あけの仕事になる。

山羊>>ありがとう。じつは今回、君に依頼したいことがもうひとつあります。このセミナーでは初心者用のセミナーが終わった後、主催者の香内美里のおめがねにかなった数人だけが、香内の自宅で開かれる起業サロンに招いてもらえるようです。君には、ぜひともそこまで潜入して香内の正体を暴いてもらいたい。

ウィルゴ＞＞まあやは香内と面識があるんですか？

山羊＞＞いえ、個人的なつきあいはないはずです。おそらくまあやも香内の自宅サロンに行ってみたいクチでしょう。誘われるようになんらかのアクションを起こすかもしれませんが、君はあくまでまあやの友人らしくふるまってください。


　ハンクラサイトで成功する秘訣をきくために、お金を払って受講するのか、と透はややあきれ気味に考えた。無邪気に楽しむ趣味じゃないのか。結局、学校を卒業しても勉強、勉強なんだな、と少しうんざりした。

　なかなか販売実績をあげられないまま、作品をせっせと作って作家同士の交流を頑張っているまあや。香内は、セミナーでまあやにどんなアドバイスをするのだろう。

　そして、もうひとつ、透には確認したいことがあった。山羊から送られた仕事依頼のレポートの最後に、気になることが書いてあったのだ。


ウィルゴ＞＞それで、レポートにあった追加依頼の件についてですが。

山羊>>依頼人から君に、特別にお願いしたいそうです。違法行為にはあたらないそうですが、君が身の危険を感じるなら辞退してもかまわない、とうかがっています。君次第ですが、どうしますか？

ウィルゴ>>きちんと報酬は出るんですよね。「アートライフモールたてこもり事件」について、またなにか新しい情報が得られるんですよね。ひょっとしたら、僕たちの依頼人は警察関係の人ですか？


文字をうちながら、透はいつのまにか、スマートフォンを持つ腕にがっちりと力が入っているのに気がついた。


山羊>>お察しのとおりです。これはリブラに許可をとっているので君にだけ教えますが、今回の依頼人は警察関係者です。あの事件当時、本庁と管轄の所轄署以外に、近隣の所轄署からも応援要員がかきあつめられました。そのひとりと考えてください。

ウィルゴ>>あの日、あの現場にいた人なんですね。やります。やらせてください。

山羊>>ウィルゴ、私たちがあの事件の関係者を集め、ランサー集団を組織した目的は、表に出てこない情報を集めて真実を知ることです。裁判では法律上で罪として実証できる真実しか出てきません。ただし、短絡的な復讐(ふくしゅう)が私たちの目的ではないことを忘れないでください。監察役のリブラを置き、他のランサーとの個人情報の交換を厳しく監視しているのも、それが目的です。どんな情報を手にしても、勝手なぬけがけは禁止ですよ。

ウィルゴ＞＞わかっています。でも、報酬として価値のある情報なんですね。

山羊＞＞君にとって、きっと意味のあるものだと思います。

ウィルゴ＞＞わかりました。それで充分です。ありがとうございます。

透は、スマートフォンを机に置き、自分を落ち着かせようと、何度か深呼吸をくり返した。

透はランサーズの面々とはアプリでやりとりするだけで、会ったことはおろか電話で話したこともない。おそらくみんな似たような状況だろう。自分に割りふられた役割はこなすが、仲間の本名も顔も知らない。ただ、山羊とだけは面識があった。

山羊は、この特殊な便利屋集団に透を誘ってくれた当人だった。山羊は外渉担当として、顔をさらしてもかまわない例外のランサーなのだと透は思っている。依頼人とのパイプ役として、そしてランサーたちのコーディネーターとして働いてくれている。

透が山羊と出会ったのは、「アートライフモールたてこもり事件」の裁判の傍聴に行ったときだった。

メトロの霞ケ関駅の階段をあがると、前庭庭園の緑の向こう側にピラミッド状の建物上部が突きだしているのが見えた。おなじみの国会議事堂のファサードだ。

トレンチコートに身を包んだものものしい人の流れにそって、東京地方裁判所の入り口まで歩いた。長方形のレゴブロックを六個、縦にくっつけて土台を作ったようなビルだった。歩道の向かい側には、プラカードを貼った街宣車が止まっている。その脇を通り抜けて、法曹界に奉職しているであろう人々とともに、巣へ向かうアリのように入り口へ吸い込まれていった。

受付で事情を話すと、職員が一階の大法廷へ案内してくれた。母親が言っていたとおりだった。ぎっしりと埋まった傍聴席の前列二列に、白いカバーがかかっている。関係者席と書かれたその列は、席がひとつだけ空いていた。歯の抜けた場所に義歯をはめるように、透はそこへ背中をおさめた。

「ご苦労さまです」

隣になった男性がひそやかに声をかけてきた。七十代くらいだろうか。もうほとんど白髪になった男性が透の右隣に座っていた。しゃんと背筋をのばして座っている男性の眉は白く透きとおっている。眼鏡の奥からその横顔を見上げ、透は無言で一礼した。

刑事公判二回目。

「行きたくない、もうあの男を見たくない」

　そう言って母は布団から出てこなかった。そのくせ、「じゃ、今日はやめておけば」と透が提案すると、ヒステリックな泣き声で叫ぶのだ。

「でも行かなきゃ！　私たちが見届けなきゃ！　でなきゃあの子がうかばれない！」

　そんな母をなだめるため、今日は透が授業を休んでやってきた。

　膝に抱きかかえたリュックの中で、姉の遺影の額縁が角張っている。出がけに、母に持っていくよう言われたので仕方なく詰めてきた。裁判が始まったら出して犯人のほうへ向けて、と言われたが、透はそうする気にはなれなかった。

（なんだかこれじゃ、自分たちのほうがさらし者みたいだ）

　姉も自分も、かえって惨めになるような気がしていた。

　長い柵の向こう側、法廷へ目をやる。左右にわかれた当事者席にはそれぞれ数人の人影があり、すでに検察官と弁護人は着席しているようだった。

　やがて裏側通路の扉から、ふたりの戒護職員に付き添われて、被告人が入廷した。髪は短く刈っていて、紺色のスウェット姿だった。足もとは茶色のサンダルだ。そういえば、被疑者には逃げ出さないように走りにくい靴を履かせる、となにかで読んだことがあった。

　透は事件のとき、旧玉電の中にいる犯人の姿をちらりと見ていた。男はあのときより、ひとまわり小柄になったように見えた。あいかわらず不健康な青白い顔で、眉も鼻も細くて貧相だ。気が弱そうに見える。しょぼしょぼと奥まった目から、表情は読みとれなかった。

被告人が腰縄を解かれて弁護人席の前に腰をおろしたとき、透は小さく息を吐いていた。吐いてみて初めて、自分が今まで息をつめていたことに気がついた。この瞬間に、自分はもっと動揺すると思っていた。

たとえば、憎悪とか。嫌悪とか。じっと座っていられないくらいの感情が自分の中にわき起こるはずだ、とどこかで恐れていた。

しかし、被告人として現れた男が手錠と腰縄につながれているのを見たとたんに、なんだかテレビドラマを見ているような現実味のない感じがした。

(なんだろうこれは。みんなでお芝居をしているみたいだ)

被告人、与田孝彰(よだたかあき)。個人名を読みあげられても、その思いは変わらなかった。

無秩序に人を殺した人間が、秩序だった裁きを受ける。それを誰も不公平だと叫びもしない。法にのっとり、税金を使い、たくさんの人の手による煩雑な手続きをへて裁判は続く。それは、一体なんのために? 彼の人権を守るために?

透は汗のにじんだ手で、ぎゅっとリュックを抱いた。横目で隣あわせになった関係者席の人をこっそり見まわす。こんな気持ちはみんな一緒なのだろうか。この先に、与田の死刑判決をきくために、みんなこの茶番に耐えるのだろうか。

　ほどなくして三人の裁判官が法壇についた。マントのような黒い法服を着ている。廷吏の号令にしたがい、透も立ちあがって裁判官を迎え、一礼した。中心の席についた裁判長は男性で、もっとも年配に見えた。右側がまだ若い女性の裁判官で、左側は壮年の男性で中堅という印象だった。

　一回目の公判で冒頭手続きが終わり、公判は証拠調手続に入っていた。情状証人として与田の母親が証言台に立った。途中弁護人の説明も入り、ながながと与田のおいたちが語られた。

　与田の出身は山梨の下吉田（しもよしだ）で、実家は文具店だった。近所に小学校があり、教材の取扱店として指定されていた。しかし近年は地域の過疎化がすすみ、学童が少なくなってすっかりさびれてしまっていた。

　それでも与田が学生の頃に、大河ドラマで武田信玄（たけだしんげん）がとりあげられ、ロケーション行脚の観光客が訪れるようになった。与田の実家のそばには新宿に向かう長距離バスの停留所があったため、店頭にノボリを立て、おみやげコーナーを作ってしばらくはそれでずいぶん潤ったらしい。

　与田は長男だった。両親は気を大きくして、東京の大学へ進学させることにした。しかしその好景気はいつまでも続かなかった。数年たつと観光客は激減し、二歳年下の与田の弟は、進学をあきらめ地元の高校を卒業して就職した。

両親ともに、東京へ進学させた長男の与田には、期待するところが大きかったようだ。そしてそれをひどく後悔していると、与田の母親は語った。もう春先だったが、毛玉のついたセーターの上に、田舎の小学校の教師みたいなベージュの上っ張りを着ていた。

与田の直接の動機とされていたのは、就職に失敗したことによる挫折感、社会からの疎外感、とされていた。

就職氷河期と呼ばれた大学四年時、与田の大学の同級生の数人は、大学院への進学か故意の留年を選んだという。あるいは手に職をつけるため、大学卒業のあとさらに専門学校へ進学を決めた者もいた。

しかしそんな「回避」が選択できたのは、金銭的に余裕のある学生だけだった。実家にこれ以上経済的負担をかけられない与田は就職を選択し、百社以上の会社へ履歴書を送った。

面接までたどりついたのが二十社ほど。買ったばかりのリクルートスーツに袖を通し、鏡を相手に受け答えの練習をした。決死の思いで臨んだ最初の面接では、あっけにとられるような質問をされた。

「テレビはなにに見てるの」

「最近大学で面白いことあった」

「彼女はいるの」

　ただの時間つぶしだ。すでに縁故かなにかで、内定者は決まっているのだろう。採用活動をしたというアリバイ工作のための面接だ。担当者もたくさんの学生を相手にして、いい加減うんざりしているのが、横柄な態度から手にとるようにわかった。

　怒りよりも悲しみがわいた。自分は社会に必要とされるどころか、そもそも相手にもされていないことがわかった。むなしかった、と与田は警察で語った。

　経済学部に所属していた与田は、それから半年以上にわたる暗中模索のシューカツの末、なんとか証券会社から内定をもぎとる。そこでやっと一息ついた。

　それもつかの間の喜びだった。内定解禁日となる十月一日前日、内定取消の封書が届いた。衝撃を受けた与田が大学の就職課に泣きつくと、そんなことはその当時、けっして珍しいケースではないことを教えられた。

　採用取消。あるいは、採用の通知を受けたものの当分は自宅待機、当初の給料を大幅に減額する条件を後出しで出されるなど。そんなことが横行している時期だった。

　就職活動に嫌気がさした与田は、ここで学生時代にアルバイトでためた金を下ろし、電気工学系の専門学校の夜間講座を受講し始める。なんとか手に職をつけようという最後の悪あがきだった。内定取消の件は実家へは報せなかった。次の就職先が決まったときにうちあければいい。そのときには笑い話になる、そう考えていたという。

結局、十月一日に内定を得られなかった与田に二度目のチャンスはなかった。ためていた金を使いはたし、実家からの仕送りも止まった中で、派遣労働者という働き方を選択した。

派遣となると、今までの就職活動はなんだったのか、と思うほどあっけなく就業先が決まった。最初の職場は郊外の工場で、決められた数のビスを袋詰めするだけの仕事だった。狭いが寮にも入ることができた。世間での自分の価値とか、存在意義とか、そんなことをなにも考えず、ひたすら手を動かしてくたくたになるまで働ける。それがむしろ与田には嬉しかった。

古くからいる工員たちに「大学を出てこんなところで働いているなんて、よくない前歴があるか、人間性に問題があるにちがいない」と、陰口をたたかれていることも知っていた。

数ヶ月ごとに職場は変わっていったが、仕事の内容はそれほど変わらなかった。そして三年後、派遣切りで荒れた年末がやってくる。

例にもれず、与田も一方的に契約終了を申し渡され、寮の立ち退き(たちの)をせまられた。解雇でも自己都合による辞職でもない、ただの契約終了だ。もともと失業保険には加入させてもらっていない。

当時、手持ちの現金はほとんどなかった。時給は千二百円もらっていたが、そのほとんどを寮費、光熱費、家具リース代としてとりあげられていた。日々の生活で精一杯だった。

与田はそのとき持っていたプリペイド式の携帯電話の残額分を、同僚に買い取ってもらっている。その金と持ち金をあわせて、実家に帰る交通費にすることにした。とうとう「東京で頑張っている優秀な長男」を演じることをあきらめたのだ。

新宿西口の窓口で、山梨行きの長距離バスの切符を買った。その頃、与田の弟はすでに高校時代の同級生と結婚して、甥も誕生していた。さすがに手ぶらでは格好がつかないと考え、テレビ局のグッズショップに入って、アニメキャラクターの絵のついたクッキーを一箱買った。両親も弟夫妻も自分を歓迎はしないだろうが、もうすぐ三歳になる甥っ子の笑顔は見たいと思った。

長距離バスに二時間ほど揺られているあいだに、与田は眠ってしまった。気がつくと実家から離れた場所まできていた。あわてて降りる。切符の行き先と合わず、追加の料金を支払った。どうも弟の結婚式で帰郷して以降、バスのルートが変わってしまったようだ。なにをするにしても、こういうツメの甘さがダメなんだと、自分で自分をせせら笑った。もはや手持ちの現金はなく、幹線道路の側道をとぼとぼと歩いた。

日が暮れかかり、道路にうつる自分の影が二倍ほどに伸びた頃、ようやく実家に続く田舎道までたどりついた。道の両側には二階建て以上の建物はほとんどなくなった。やけに平べったく大きな建物があると思うと、大手スーパーとパチンコ屋だ。富士山に持ち上げられた冬のうす青い空が、両腕を広げてなお余りあるほどにひらけている。懐かしい郷里の風景だった。先には富士浅間神社の大鳥居が、逆光に黒々とそびえている。あそこまで行けば、実家まではすぐだ。与田はほっとした。

その瞬間、強烈な空腹を感じて、腰がくだけたように与田は座りこんだ。朝、長距離バスの待合で紙パック入りの牛乳を飲んだきりだった。歩き続けて空腹はもう限界に達していた。

道ばたに座りこんで、おみやげに買ったクッキーの包みを引き裂き、ビニール袋をはがして猛然と貪った。クッキーは乾いていたが、唾液はどんどん出てきた。鼻水も出てきた。与田は泣いていた。泣きながら食べた。家族への最後のプライドも失って、ただただ指先でクッキーをつまんでは機械のように口におしこむだけの飢えた人間になっていた。もうそれしか、憐れな自分を満たす方法がわからなかった。

実家はすでに文具店をやめていた。店舗だった部分を含め、きれいにリフォームされていた。弟夫妻が同居するために改装したらしい。与田がかつて自室として使っていた部屋も、甥の勉強部屋にするためにと、可愛らしい壁紙と調度に模様替えされていた。いずれここに、子供用ベッドと勉強机、ランドセルが入るのだろう。

与田はその部屋には入らなかった。かわりに親世帯のリビングのひとすみ、パソコンデスクのまわりに、カーテンと段ボールを使ってバリケードを築いた。文具店をやっていた当時の倉庫が敷地内に残っていて、段ボールや紙類は門外に出ずとも調達できた。

そしてその厚紙でできた繭の中で、奇妙なひきこもり生活を始めた。母親は「まるで家の中にホームレスが居ついているような異様な状態だった」と話している。

与田はそこで世間のニートよろしく、親から三度の食事を与えられながら夜型生活を送るようになる。夜になって家族が寝静まると、バリケードの出入り口に張ったカーテンの隙間から抜けだしてきて、冷蔵庫や冷凍庫を漁る。頭皮や体に湿疹ができてかゆくなると、シャワーを浴びる。金の必要があれば、両親の財布から勝手に抜きとった。

一度、みかねた弟がカーテンの中に一万円をつっこんだことがあるという。

「内科でも外科でも心療内科でも精神科でもどこでもいい。とにかく、どっかにかかって、なんでもいいから病名をもらってきてくれ。でないと、こっちには近所の目ってものがあるんだよ。兄さんだってわかるだろ？　こういう田舎なんだからさ。母さんのつらい立場もわかってやれよ」

そのとき与田は寝たふりをしてなにも答えなかったらしい。

当時の生活について弁護士に尋ねられたとき、与田はこう答えた。

「起きているあいだは、ずっとパソコンの前でネットをしていました」

「ゲームとかＳＮＳをやっていたのですか？」

「やっていません。自分からはあまり書き込みません。ほとんど見ているだけです」

「どういったサイトを？」

「匿名で書き込める巨大掲示板が多かったです。そこで、誰かの悪口が書かれているのを見ていました」

「それは面白いのですか」

「よくわかりません。でも、自分には必要なことでした。他人がつまらないことで言い争ったり、けなしあったり。本当か嘘かわからないことを拡散して人を傷つけたりしていて。僕はそれを見ていました。世の中にはこんなくだらない人間がいる。だから僕だって生きてていいはずだって。そう考えると嬉しくなりました。

ときには、個人のホームページも読みまわりました。万引きしたり、店頭の商品にいたずらしたりしたことを手柄のように画像付きで自慢する人。事故死した子供の無残な死体画像を集めて、遺族の許可もとらずにさらしものにするような人。そんなものをみつけると、僕はほっとするんです。こういう人だって人間として生きてるなら、僕だって、息をしていていいはずだって、飯を食ってもいいはずだって、必死で自分に言いきかせて一日を過ごしていました」

すさんだ心は、みずしらずの他人への憎悪と軽蔑だけを、松葉杖のように支えにして生き延びた。

与田に転機が訪れたのは、ある電気工作の動画をみつけたことだった。当時、超電磁砲（レールガン）を扱ったライトノベルがアニメ化されて、インターネットでも話題になっていた。そこから生まれた「超電磁砲をつくってみた」と題された、いくつもの実証動画だった。

与田はそのいくつかを見てまわったが、ほとんどが名ばかりの偽物だった。まず家庭用コンセントの電源で、レールガンを作動させるほどの電力を得られるはずがないのだ。画像を見ても本当に銃器内にプラズマが発生していると思えるものはなかった。筒から放たれたゴム弾が、ぱすん、と眠たい音をたてて段ボールを貫く様子は、理論上ボルトアクションライフルの四倍の弾速を出せるという代物とは到底思えなかった。

侮蔑をこめてそんなサイトをながめるうち、与田はもうひとつの電磁銃の存在に行きあたった。それがコイルガンだった。レールガンとコイルガンは、同じ磁力を利用した電気銃、ガウスガンに大別される。レールガンが無理でも、もっと簡単なしくみで電力消費の少ないコイルガンならば作れるかもしれない、と考えた連中がいたのだろう。

与田はコイルガン製作の動画を見た。電気工作マニアが、自分のブログに貼り付けたものだった。ハンドガンタイプでも、すぱりとスチール缶を貫通してバックの砂壁に突き刺さるほどの威力だ。

その製作者は材料と電気回路図をネット上に公開していた。弾には、五寸釘（ごすんくぎ）を短く切って先をとがらせたものを使用していた。四つ直列でつながっているコンデンサは、ひとつで千二百円ほど。材料は秋葉原のラジオデパート、通販、ホームセンターを利用して一万円以下で全て揃うという。

与田は専門学校で習ったことを思い出した。回路図にはメイントリガーの他に、もうひとつの回路切り替え用のスイッチがあった。

コイルガンは、フレミングの左手の法則を利用し、電磁コイルにものがひきつけられる作用で弾を加速させる。コンデンサで二百五十ボルトまで電圧をあげ、銃身にとりつけたコイルで、銃身の奥にこめられた弾を強力にひきつける。ひきつけただけでは、コイル部分で弾が止まってしまうから、加速ののちに通電を切って磁力から解放する必要がある。この切り替えのタイミングをはかり、実現させるのが難しいのだ。

弾が最高速度で発射される完璧な解放のタイミング。それを実現するスイッチ回路を作ればもっと破壊力は高まるはずだ、とそのブログの製作者も書いていた。弾にしても、筒状のコイルに対して細長いほうが磁力の影響を受けやすい。しかしあまり大型化してしまっては、今度は飛距離がのばせない。そういった部分ももっと調整、改良の余地がある、とのことだった。

しかしそれには、地道な実射データとのすりあわせが必要だ。「そんな時間はないので一応ここで完成です」としめくくられたブログを閉じながら、与田はふと考えた。自分にはそれを実行する時間がある。そしてこの製作者に負けない知識もあるはずだ、と。数日のちに、与田はスイッチ回路の改良点を、このブログにフィードバックとして書き込んだ。ブログを読んでいるのは製作者の身内が多いのか、与田への反応は冷たかった。しかし、たったひとり「ぜひ君が実作してみてほしい。期待している」と返信した人間がいた。

与田はそれを見て、涙が出るほど嬉しかったという。他人から自分の存在を認められたと思った。「自分はちゃんと生きていた。誰からも無視される透明人間なんかじゃなかった」と。

公判では、被告人の与田自身が証人台の前に立ち、検察官の質問を受けていた。

検察側は与田の犯行理由を「漠然とした社会への不満」としている。それ以上のくっきりとした輪郭は、いまだ見えてこなかった。透の母親がたまらない気持ちになるのは、きっとこういうもどかしさなのだろう、と透は想像した。

開廷から身じろぎもせずにいたので、座りっぱなしの尻が痛んできた。しかし傍聴席の緊張感に圧倒され、座りなおすこともできずにいた。

事件中、糖尿病の男性を低血糖症のまま放置したことについて質問がおよんだ。

「この男性について、他の人質に救急搬送を求められたのをあなたは却下しましたね。

だんだん病状が悪化していく様子を見ながら、あなたはなにを感じましたか?」

与田は首をかしげて少し考え、無表情のまま言った。

「あー、そうですね。ボウフラみたいだなって」

傍聴席がざわめく。

与田は言い訳するようにつけ足した。

「あの、ボウフラを、殺したことがあるんです、実家にこもっていたときに。うちの実家は標高が高くて、東京よりずっと涼しいんですけど、でもさすがに夏は暑くて、パソコンデスクの向こう側の窓を開けました。そしたら、軒下に使ってない植木鉢や受け皿が重ねて置いてあって。そこに雨水がたまって、ボウフラがわいてたんですよ」

それはよどんだ池などでよく見る赤褐色のボウフラではなく、身を隠すさやを持つ、半透明のボウフラだった。さやの端が受け皿の底面に張り付いていて、水を流しただけでは排除できないと思った。

「気持ち悪いから駆除しようって思って、軽い気持ちで台所に受け皿を持っていきました」

とりあえず目についた食器洗い用洗剤を水の中に流しこんだ。

その途端、水中は地獄になった。

「ボウフラが一斉にエスの字に身をくねらせて暴れだしました。そのうち、見たこともない動きになるんです。まるでどこかに張った輪ゴムをピンとはじいて振れるところみたいに、ブルブルブルブルブル目で追えないくらいの細かい痙攣を始めて。そのあと今度は、棒になったみたいに全身つっぱる。元の長さの一・五倍くらいに伸びて、ぴーんと硬直するんですよ。そのうち、あちこちから内臓が飛びだして、みんな死んじゃいました。最後は藻みたいになって、水の中で揺れてましたよ。……その人が痙攣を起こして弱っていく様子を見て、僕はそのボウフラのことを思い出しました」

検察官が口を開きかけて、また閉じてしまった。廷内は沈黙になる。与田は正面の裁判官をみつめているようだ。

「でも、その人だけじゃないんです。人間ってときどき、うっかりボウフラになるんですよ。僕は、ボウフラを殺したとき、自分もこの憐れな幼虫みたいだなって思っていました。栄養分もない、逃げ場もない、大人にもなれずにいつか抹殺されるだけ。たまたま雨水がたまっただけのおかしな場所に生まれてきちゃったボウフラなんだって」

そこで、与田は初めて表情らしきものを見せた。それは自嘲だった。ひくひく震える口角を、ほんの少しあげて中空を見た。

「僕は……最初っから、ただの虫けらだったんですよ。なのになんで、人間になる夢なんて見ちゃったんだろう……」

語尾が震えた。

裁判官は眉をひそめている。話がそれているので、答弁をやめさせるべきか思案しているようだ。

検察官の声が沈黙を破った。

「ボウフラですか。あなたは、そのあと殺害した高校生に対しても同じように考えたのですか。虫けらみたいなものだと」

ずきりと腹の底が痛んだ。透の心臓は縮みあがっていた。一回一回の鼓動のたびに筋肉痛のようにずきずきする。頭のほうに血が集まってきた。頰が熱い。一方で脚のほうはまるでしびれたように無感覚で、身動きできずにいた。

(恥ずかしくない)

そう自分に言いきかせる。

(僕はたしかに姉を救えなかった。でも、恥じることなんかない。卑怯者じゃない)

だから逃げない。ここにいる。姉から手をはなさずに、この現実を自分の人生の一部として受け入れる。

リュックにまわした自分の手を自分で握りしめて、何度も心の中で叫んだ。

(覚悟なんかとっくにできてるよ。どうとでも言え!)

「あー。あの子ですか。あの子はあんなこと言うから」

「あんなこと?」

「あの子、僕を挑発したんですよ」

「挑発、ですか？　しかし他の証言によると——」

与田は脱力したように、小柄な肩をさらにかくんと落とした。

「それは、たぶん、ここにいるような人にはわかってもらえないと思うんですけど」

そう前置きして、大きく息を吸った。演説の始まりだ。

「僕は、希望を持て、という人が嫌いでした。『いつかちゃんと就職できる』って励ましてくれる両親も、『前向きに生きればいいことがある』と忠告してくれる民生委員のおばさんも、そういう人たち全員を恨んでいました。そんな口当たりのいい『希望』のために、何度頑張って裏切られてきたことか。何度やりきれない思いをしてきたことか。もういいかげん、現実を受け入れてもいいじゃないですか。

僕は世の中に居場所を作れなかったんです。四十もなかばを過ぎて、定職にもつかず、まともな職歴もない。自業自得の社会的価値のない人間です。それなのに、まだまだ人並みに就職とか、結婚とか、孫とか。そんな夢を持たなければいけませんか。こんなボウフラでもいつか人間になれるんだって、信じ続けなければいけなかったんですか。また徒労に終わる努力を続けなければいけなかったんですか。もううんざりですよ。

みんないいかげんな偽善者だ。でも、本当は……恨みながらも、僕自身が、一番そんな希望に甘やかされたがっていたんですよ。……笑っちゃいますよね」

ふっ、とうつろな笑い声がもれた。

「僕が本当にくやしくて許せなかったのは、世の中が思い通りにいかないことじゃなくて、愚かな自分が、いつまでもそういう世界に期待して甘い夢を捨てきれないことだったんですよ。『高校行って、親が期待する大学に行って。今まで頑張って生きてきたはずなのに、どうしてこうなった』とか。『早く人並みの人生のレールにのるためにどうすればいい？』とか。そんなことをグダグダ考えたって、今さら答えなんかでないし、くだらない。でも、くだらないと思いながら、考えることをやめられないでいる。世間から捨てられて傷ついた自分をいつまでも捨てきれないでいる、どこまでも甘ったれたバカだ。

毎日パソコンの画面の前にはりついて、悪意ばかりのきたないサイトをめぐりながら、母親の用意してくれた飯を義務みたいに口に入れる。僕は正真正銘のクズですよ。そのくせ、こんなはずじゃないって、僕の人生こんなはずじゃないだろって、意味もないプライドにしがみついている。そんな自分が惨めで苦しくてどうしようもなかったんです。死にたいとかじゃないんです。もう頑張りたくない。自分をあきらめたかったんです。希望を持つことが怖かったんです。本当に救いようのないクズになりたかったんです」

語りきった顔が、当時を思い出したのか、突如険しく歪む。

彼の目の前には今、あの日の光がいる。透にはそれが見えるようだった。死ぬ直前の光が、必死で微笑んでいる。おじさんも希望を持って、と。

「なのに……それなのにあの女。未来に希望を持て、なんて言うから。将来いいことがある、なんてきれいな顔して言うから……だから」

そこまでだった。透は傍聴席から立ちあがった。感覚のない脚がもつれ、一度よろめいて床に手をついた。腰をかがめた姿勢のまま、椅子の間の通路を歩き、のぞき窓のついた扉を出た。

部屋を出たとたんに、わけがわからなくなった。解放されてほっとした気持ちと、あの男が裁かれるところを見届けられなかった悔恨と、自分の弱さへのいらだち。軽くめまいが起きるほど混乱したまま、リュックを抱き、よろけながら駆けて大法廷をあとにしていた。


まっすぐ出口を目指し外に出た。ひんやりとした外気に触れると、鼻血が出そうなほどほてっていた頬と額が心地よく冷めていった。

霞ケ関駅の入り口を通りこして、建物沿いに道を曲がった。こんな不安定な気持ちのまま、母の待つ家に帰る気にはなれなかった。

「危ない」

背後から鋭い声がして、透はつんのめりながら足をとめた。

ほぼ同時に、目の前を白いセダンがよこぎっていった。裁判所の駐車場の出入り口だった。誘導を行っていた職員が驚いた顔で透を見ている。しかし声をかけたのはその職員ではない。

「君、ちょっと、大丈夫、ですか」

後ろからぐっと腕をつかまれた。それは透を制止しているのではなく、まるで透にすがっているようなつかみかただった。

ふりかえると、半白髪の男性が透の後ろに立っていた。抹茶色のソフトスーツを着て、薄手のコートを丸めたまま腕に抱えていた。傍聴席で透の右隣に座っていた男性だった。

「すみません。僕、急に気分が悪くなったので」

軽く頭を下げた。事件と向きあう覚悟はしてきたつもりだったのに、透は自分の意気地のなさが恥ずかしくて仕方がなかった。

目の前の男性は、せい、せい、と浅い呼吸をしている。髪はふんわりとしたオールバック。目は厚みのある一重まぶたがかぶさって、糸のように細い。目尻には細かいシワが刻まれている。長い鼻とくっきりしたほうれい線が、顔の真ん中に「小」という字をつくっていた。

「あの、大丈夫ですか？」

透のほうが尋ねると、男性は困ったように眉をさげた。自分を心配して追いかけてきてくれたのかと思うと、なんだか申し訳ない気がした。

「いや、ちょっと、久しぶりに、走ったものだから。……そこで、少し休んでいきませんか」

透はうなずいて、リュックを背負いなおした。ふたりは道を渡って日比谷(ひびや)公園に入った。

ウォーキング中らしいトレーニングウェア姿の女性とすれ違う。テラス付きのカフェを通り過ぎて、池のほとりに出た。緑色をした池の水面は、張りだした木々の梢を鏡のように映していた。

「あの、僕は大丈夫です。本当です。裁判聴きにいらしてたんですよね。いいんですか？」

祖父と同じくらいの年齢の男性は、目尻をさげ、ちょっと意味ありげに微笑んだ。

「裁判の内容は、後日検察官に資料開示の手紙を出します。まあ、今日は君を捕まえられたので、私にとっては大収穫です」

「……僕を？」

透は急に怖くなった。

「青山光さんのご遺族ですね」

いぶかしみながらも、こくん、と小学生のようにうなずいた。

「今まではお母さまがいらしてましたね」

「母は、今日はちょっと……」

「そうですね。あの方は少し休養されたほうがいいようだ」

おだやかな物腰で、悪意があるようには見えなかった。それでも透はまだ注意深く観察していた。関係者席に座っていたので、この男性も被害者かその家族なのだと思いこんでいた。しかし隠居ふうに見えて、まだ現役の記者だったりするのだろうか。

歩くうちに池の真ん中に、銀色の鶴が翼を開いている像が見えてきた。長い首をのばして天を仰ぎ、くちばしの先から水をふきあげている。その水しぶきの向こう側には藤棚があった。ひからびたような蔓ばかりの藤棚の下には、池のほうを向いてベンチが設置されていた。

「あそこへかけませんか？　寒いですか？」

「大丈夫です」

透は男性とふたりで池の周囲をまわる遊歩道を歩いた。

きれいに手入れをされた松が、池の水面すれすれに枝をのばしている。桜は、黒い枝先につぼみを隠した新芽をふくらませていた。春の気配はまだひどく控えめだった。

ベンチへ腰かけると、老人は印伝細工の信玄袋から、名刺入れをとりだした。礼門政文。名前だけが印刷された奇妙な名刺だった。透が裏返すと、そこにメールアドレスが手書きで書いてあった。

「れいもんさんと読むんですか」

　老人は柔らかな表情でうなずいた。

「礼門さんも、どなたかのご遺族なんですか」

　礼門は少し顔をこわばらせ、小さく顎を下げた。その寂しい仕草を見て、透はそれが嘘ではないと確信した。

「……孫でした。私と同じように桜の代紋に奉職してくれました。が、たった二年で二階級特進になってしまいましたね」

　透の脳裏に色あせた新聞記事がよみがえった。あの事件での死亡者は三人だった。ひとりは姉の光。そして、制圧のときに最初に与田にとびかかり、サバイバルナイフで応戦された人質の男性。そして、機動隊員の突入のときに、与田のコイルガンをつかんでもみ合いになり、感電死した若い機動隊員――二階級特進とは殉職したことを意味するのだろう。

　うすく口を開いたまま言葉を失っている透に、礼門は少し声のトーンを変えて尋ねた。

「気分はどうですか」

「大丈夫です。ほんと言うと、あそこにいるのが嫌だっただけで、今は落ち着きました。心配させてしまって、すみませんでした」

「あなたがたが、あの男の言動に傷つく必要なんかこれっぽっちもないんですよ」

礼門の言葉は透の心に素直にしみた。自分と同じように、この人もあの事件でなにかを失ったのだ、という気持ちが作用しているのは明白だった。

「たぶん――」

話しだして、あ、いや、と透はごまかした。

「吐き出してごらんなさい。お母さんにきかせられない話なら、私がききましょう。もうこの年ですから、新しいことをきいても家に着く頃には忘れてしまいますよ」

礼門は茶目っ気さえ見せて透に微笑む。つられて透もかすかに笑っていた。

「たぶん、僕は怖かったんです。姉のことを思い出すのはもちろん、まだつらいし苦しいですけど。でも僕が一番怖かったのは……あいつの『人間はうっかりボウフラになる』ってところで」

「うっかり殺したり、殺されたりする、と受け取りましたか？」

透はじっと考えこんだ。姉の話が出てきたとたんに動揺したのは事実だ。しかし、自分が本当に怖かったのは、与田と自分が地続きのところにいるかもしれない、という可能性に思い当たってしまったことだった。

「僕は、学校であんまり友達がいないんです。今はいろいろ騒がれてるから、気遣ってくれる人もいるし、かえって距離をおく人もいる。でも、はっきり言うと――僕には前から、ちゃんとした友達なんていなかったんです」

最初から露骨に仲間はずれにされてきたわけではない。しかし、たまたま席が近くなった子と話をしたり、遠足のグループが一緒になった子とあたりさわりなくやってきたくらいの「友人」しかいなかった。

「だけど、僕はそれでも寂しくなかったから。こんなことじゃいけないと思ったことはなかったです。むしろ、もっとほっといてほしいのにって思うくらいで」

透はそこで胸がつまるような感じがした。硬いものを吐き出すように言葉を続けた。

「でも、このままじゃ、居場所のなかった、あいつみたいになるのかなって。どこにも行き場がなくなって、頼る人もなくて、いつかあんなふうに頭がどうかしてしまうのかなって、急に不安になったんです」

ベンチの前へ視線を落とした。

「クラスのみんなは、わかっていたのかな。あんなふうになるのが怖いから、みんな一生懸命友達つくって、登校下校のたびに誘いあって群れたり、一緒に写真を撮って仲良しアピールみたいなことしてたのかな。あれはみんなが人間でいるための安全装置だったのかなって。だとしたら、僕は——自分でも知らないうちに、大事なことを見過ごしてしまっていたのかなって」

池のふちには大きな石が埋め込まれていた。鳩(はと)が数羽、目の前に降りてきて、落ち葉が吹き飛ばされていった。鳩は胸を張り、首を振って歩く。首の付け根に揃いの首輪をはめたように孔雀色の羽が光っていた。

礼門はにっこりと笑った。

「君ぐらいの年頃は、みんなそんなものではありませんか。やたらと人と集まりたいくせに、ちょっとしたことでひとりになりたがる。試行錯誤です。人とのつきあいかた、距離の置きかた、そして自分の作りかた。いろいろ試してみたらいいんです。迷っているのは君だけじゃないはずですよ。それに――君は、与田にはなりません。君のお姉さんが、それを許さないはずです」

おだやかな口調で、それでいて背筋を伸ばしたくなる毅然とした声で、礼門が言う。

「姉が」

「君の記憶の中で、ずっと守ってくれると思いますよ」

透は頭をたれた。今は泣きたくない、と思った。

そして、恨みをこめた声音で問いかけた。

「あいつは――あいつはなんであんなことを言うんでしょうか。自分の不幸の話ばっかりして。僕たちにきかせたいんでしょうか。それとも精神鑑定とか要求する気なんでしょうか」

礼門は話にならない、とばかりに苦笑して首を振った。

「あのくらいの発言で精神鑑定はありません。せいぜいうつ傾向くらいなら認められるかもしれませんが。そのくらいでは量刑にほとんど響かないでしょう」

「あいつは死刑になるでしょうか」

「三人以上ですからね。無論求刑はそうなるでしょう。君はどうですか。死刑になってほしいですか」

透は少し考えた。このごにおよんでまだ漫然と自分の不満ばかりを語る与田の姿が、汚物のように思い浮かんだ。

「死刑が最高刑だというなら、そうなってほしいです。でも、本当はくやしい。本当なら死刑なんかじゃなく、自由の身で、誰かのために楽しくショッピングしている最中に突然撃ち殺されてほしいです。じゃないと平等じゃないです。そういう怖さや絶望をちゃんと思い知らないうちに死なせてしまうのは、くやしいです。だって、なんだかこれじゃ、みんなであいつの自殺に利用されたみたいじゃないですか」

顔をあげて隣を見ると、礼門の下まぶたにほんの少し水がついて光っていた。それを見ると、透は声をあげて泣きたい気持ちになった。

「……この世の中に、平等はないですからね」

「わかってます」

礼門は小さくため息をついて、池のほうを見た。彼が脚を組むと、目の前の鳩の群れが一斉に飛び立った。

礼門は斜めに座り直して、透のほうに体を向けた。

「君、秘密を守れますか」

透はじっと礼門の顔を見た。加齢で顎の皮膚が首の上に段を作っていた。とがった喉仏を覆う薄い皮膚は、フックに布をひっかけてあるように、たくさんのシワができている。しかし彼には、紳士と呼びたくなるような風格があった。

「君は、あの事件のあらましをきいて、与田の行動には少し飛躍があると思いませんでしたか？」

透は裁判できいた内容をざっと思い出した。

「それは――どうして田舎でひきこもっていた与田が、突然上京して事件を起こしたかってところですよね」

礼門はうなずいた。できのいい生徒の解答に満足した老教師のような笑顔だった。

「そうです。自分に自信を失って、パソコンの前で他人をみくだす以外なにも行動を起こせなくなった男が、一念発起したきっかけです。君はなんだと思いますか」

すかさずふたつ目の問題を出されて、透は答えを考える生徒のように、目玉をぐるっとまわした。

「あっ、あれですか？　与田がブログに書き込んだスイッチ回路の作り方に対して『ぜひ作ってみて』と励ました人の存在ですか」

礼門は再びうなずいた。

「与田とその相手は、その後数回メールでやりとりをしていました。彼らが言葉を交わすきっかけとなったブログには、任意で投稿にメールアドレスを設定することができるんです」

透は目を見開いた。思わず指先で眼鏡をずりあげて身を乗り出した。無意識のうちに膝に置いた手に力が入る。

「そんな話は今までできいたことないです。僕も、母さんも」

「この相手は、与田の犯行に対して具体的な指示はなにも与えていません。今の刑法ではこの相手を法廷に引きずりだすことはできません」

「警察はその人のことを知っているんですか」

「知っていますよ。でもこの裁判では黙殺されています。殺人教唆（きょうさ）として検察が立証できるだけの証拠をあげられなかったんでしょう」

「でも……そいつは与田に影響を与えたんですよね」

「『見ている』と与田に書いていたそうですよ。『君はきっと成功するだろう。私はちゃんと見ているから』と」

「それは……与田がコイルガンを製作して、ほかの電気工作マニアたちと同じように試射動画をネットにアップするのを待っている、という意味でしょうか」

「一見そうとれますね。でも、私はそうは思いません」

透はごくりと唾をのみこんだ。

「見ていてあげるから、世間を騒がせるような大きなことをやってみろ……と？」

与田は、自分の提案したスイッチ回路に反響をもらえたとき、「自分は透明人間じゃなかった、嬉しかった」と思った。その瞬間は、きっと彼もボウフラではなかったはずだ。


しかしその相手は、彼に言う。その危険なものをぜひ実作してみてほしい。期待している。君ならきっと成功するだろう。世の中に自分の存在を示すことだってできる。君の身に起きた理不尽なことを世間に知らしめるんだ。大丈夫、怖くない。私が君を見守っていてあげる。

そして、与田は望んでいたとおりに本物のクズになりはてた。

「私はこう推測しています。その相手は、きっと与田との約束を守っただろうと」

「それは、つまり、見ていたってことですか。あの犯行を」

「与田は旧玉電に人質を閉じこめたとき、一度全体を見まわしています。その目線はまるで人を捜しているようだった、と複数の証言があります。彼は、その相手を捜したのではないでしょうか。私はその『相手』は事件当時、旧玉電に居あわせた人質の中に潜んでいたと推測しているんですよ」

透は言葉を失った。

遠くでヒヨドリの鋭い鳴き声がした。人を不安にさせる悲鳴のような声だった。

与田が罪を犯した本当の動機は、ネットでみつけたたったひとりの友人に、自分を見てほしいという気持ちだったのだろうか。自分が破滅していくところを、誰かに見届けてもらいたかったのかもしれない、と透は思った。

「そいつは、満たされない承認要求をもてあましておかしくなりかけていた与田に、甘い言葉をかけてそそのかした。それが本当なら、与田はむしろ、そいつにおもちゃにされたと言ってもいいのかもしれません。世の中への不満と自己嫌悪でぱんぱんにふくらんだ人間爆発物です。ちょっとつついてやれば、簡単に破裂してしまうとわかっていたんでしょう。そして犯行の当日、そいつは高みの見物であの電車内からこの惨劇を楽しんでいた。

今だって、そいつは素知らぬ顔で傍聴席に座っているかもしれない。だから、与田もいまだにパフォーマンスのような発言をくり返している。唯一の理解者が自分の言い分をきいていてくれる、と思い込んでいるから」

透は内心驚いていた。そこまで考えて、礼門は傍聴に来ていたのか。どの人が誰の遺族か。どんな関係者か。ひそかにチェックしながら。

礼門はそこで話題を変えた。

「君は、あのコイルガンの威力について担当刑事から説明をきいていますか?」

姉を殺した凶器についてきかされたのは、遺体を引き取りに、両親と葬儀社の人とともに警察署を訪れたときだ。

「ききました。あれ、たしかに人に刺さるだけの威力はあったみたいですが、充電にすごく時間がかかるんですよね」

「与田が参考にした製作ブログ、あの製作者の試作品では充電に二分半かかっているそうです。ですが、そういう弱点について、作った本人はすすんで書きたがらないものです」

「二分半で一発撃てるって、まるで戦国時代の火縄銃ですよね」

透はそれをきかされたときの脱力感を思い出した。

「与田はすばやく電圧を上げるために、フラッシュ付きの使い捨てカメラからとりだしたキセノン管を複数個使っていたようですが、それでもやっと三十秒から四十秒で一発というところだったそうです」

与田の携帯品として、自作のコイルガンのほかに数本のサバイバルナイフも押収されている。それでも――。

「それさえわかっていれば、本当はすごく簡単に取りおさえられたってことですよね」

礼門はうなずいた。

「みんな初めて見るものだったから、必要以上に驚いて怯えてしまったのでしょう。警察でも、あれが本当に殺傷能力のある凶器と考えていいのか、上層部で意見が割れたようです。それが初動捜査の対応を遅らせたときいています」

透は力なく笑った。

「ただの初見殺し――与田のわけのわからない演説も、きっと充電時間をかせぐためにあらかじめ考えておいたんですよね」

「そして自分の大舞台に二度目がないことも、与田はわかっていたんでしょう。それらの事情を、全部知っていてその場で面白がっていた人間がいたんですよ。そしてそいつはもう、次に破裂させる人間をみつけているかもしれない。寂しくて寂しくて人の道をはずれてしまいそうな、ぎりぎりのところにいる人間。自分をみつけてくれ、とネットでささやかな救助信号をおくっている惨めな人間」

「だ、誰なんですか、それは」

礼門は首を振った。

「まだわからないのです。あのとき車内にいた人質は二十六人。そのうちのひとりは君のお姉さん。そして、君とお姉さんが連携プレーで逃がした小学生たち四人。低血糖症の後遺症で今も入院中の男性とその娘さん。あとひとりは制圧のときにナイフで刺された男性。その九人をのぞいた十八人。その中に『相手』がいると、私は考えています」

十八人。

民事訴訟に備え、原告団となる被害者と遺族は、名簿を作成していた。透も自分の名前が載っている書類を見せてもらったことがある。

透はそこに並んでいた名前を順番に思い出そうとしたが、途中であきらめてしまった。あの日、あの場所に居あわせた以外になんの共通点もない人々だ。年齢も職業もみんなバラバラだった。

「いいですか。我々はその真犯人をみつけたところで、法律によって裁くことはできない。危険な人物だが、直接犯罪は犯していない。そもそもそいつは罪悪感さえ持っていないかもしれない。与田に対しても、自分は話を合わせてやさしくしてやっただけで、勝手に暴走するほうが悪い、とでも思っているかもしれない。それでも、私はその見えない悪意の可能性を知ってしまった。もうほうっておくことはできないんです」

礼門は思いつめたように言って、深々と息を吐いた。まるで知らなければよかったのに、と思っているかのようなため息だった。

「ほうっておけないって……礼門さんは、どうするつもりなんですか」

「君には、人と違った特技や、特殊な知識はありませんか?」

突然問いかけられ、女装のことが真っ先に頭にうかんだ。しかし透は口に出すのをためらった。軽蔑されるかもしれない。それに、あれはただの趣味だ。特技と言えるほどまでは洗練されていない。

「じつは、こうして君を呼び止めたように、他の事件関係者にも声をかけているんです。我々は、自分たちの智恵（ちえ）や特技を持ちよって、独自にこの事件の情報を集めていきませんか。すでに警察の捜査も検察の検証も終わり、取りこぼされているのはワケありの情報ばかりでしょう。匿名の便利屋になって、現在、口をつぐんでいる人々とわたりあってみませんか」

透は戸惑った。礼門がそんなことを考えているとは思わなかった。

「……そんなことが、本当にできるんでしょうか」

「君はあの日あの電車の中にいなかった。私は君のことは全面的に信頼できる。君のように信用できる条件を持った関係者を集めて、水面下で計画をすすめています。ただし、この便利屋では、依頼された仕事をやり遂げるために、事件関係者以外の協力者をひきいれることもあります。あくまで匿名でやりとりするのは君の安全のためです」

「少し、考えさせてください。僕がお役に立てるのかもよくわからないですし」

「ゆっくり考えてください、と言いたいのですが」

そこで礼門は急に歯切れが悪くなった。透から目をそらし、池のほうを向く。石の上には鳩の残した羽が一枚落ちていた。

「実は私、先日膀胱(ぼうこう)ガンの宣告を受けました」

透は、はっと息をのんだ。

「たばこは肺ガンとばかり思っていましたが、どうやら膀胱にくる人も多いようですね。医者にはずっと止められていたんですが、どうしても食後の一服がやめられなかったんですよ」

礼門は苦笑した。

「難しい手術ではないそうですが、なにぶん年がいってますからね。お恥ずかしい話ですが、今になって私はたばこをやめました。ほんのわずかでもいい、長生きがしたくなりました。疑わしい相手をみつけなければなりません。ひょっとしたら、いずれ若い男あるいは女が、礼門や『山羊』を名乗って君の前に現れるかもしれない。それはきっと私の依頼した代理人です」

「山羊、ですか？」

「組織での、私の名前にしようと思っているんです。白い顎髭を生やした山羊です。年寄りの私にぴったりじゃありませんか？　そして山羊はおとなしそうに見えて、馬にも鹿にものぼれない険しい断崖を上ることができるんです」

透はたまらなくなって言い出していた。

「礼門さん、僕にできることがあったら、なんでも」

立ちあがりかけた透の肩に礼門の片手がのった。軽いと思うのに、想像以上の意志の力で、再び透をベンチに座らせた。

「私は君に重荷を背負わせようとは思っていません。これから君にはしなければならないことがたくさんある。勉強も恋愛もそうです。今日の提案には、じっくり考えて答えを出してくれればいい。それよりも、君は——生きていてください。強くならなきゃとか、立ち直ろうなんて考えなくていいんです。傷ついて、哀しい心のままでいいんです。無理に記憶や感情を捨てる必要なんてないんです。それはあなたの一部であり、この世界の一部だ。

そのまま、傷ついたままのいびつな自分で、どうどうと生き抜いてください。かたちのない悪意というものに復讐ができるとしたら、それだけです。だから私は、それを祈らずにはいられないのです」

礼門は瞑目（めいもく）した。早春の冷たい風がその鬢（びん）をなぶっていく。

鳩の羽はいつのまにか消えていた。

【8】

挨拶はした。しかし扉は閉まったままだ。

板張りの廊下に正座して、辰巳は本庄怜香の気配を感じとろうと集中する。扉の脇には、花柄のデコパージュをほどこしたお盆。その上にはからになったどんぶりと箸、ヨーグルトの容器が載っていた。

静かな足音がする。靴下のまま階段をあがってきたのは怜香の母親だ。恐縮した態度で、そっと来客用の有田の載った茶托(ちゃたく)を置くと、どんぶりの載ったお盆を手にしてまた階段を下がっていく。一度だけ気遣わしげに辰巳のほうをふりかえった。

辰巳は安心させるように笑顔で一礼した。

悲痛な電話がかかってきたのは、昨日のことだった。

『娘はあれからすっかり部屋から出てこなくなってしまいました。もう一ヶ月ほどになります。カウンセリングだけは受けさせたくて、うるさく言っているんですが、かえって逆効果みたいです。私はもう疲れきってしまいました。お恥ずかしいことですが、むしろ、家族以外の人に声をかけてもらったほうが、娘も素直にきけるんじゃないかと思うんです』

　怜香の母親は、藁にもすがる思いで辰巳に訪問を依頼したのだった。

「こちらこそ、しばらくご無沙汰して申し訳ありませんでした。お力になれるかわかりませんが、私からも怜香さんにお話してみます」

　辰巳が快活に言うだけで、母親はだいぶ安心したようだった。

　息を吸って扉越しに声をかけた。

「怜香さん、こんなところまで押し掛けてきてごめんなさい。少しだけお話させてもらいたくて、お母さんにお願いしちゃいました」

　沈黙のままだ。

「私、どうしてあなたのことがそんなに気になってしまうのか、おせっかいを焼きたいのか、自分なりに考えてみたんです。それはきっと、あなたが、『自分から保護を求めて交番に飛び込んできた』ってところだと思います。ありがとう。私はたぶんそう言いたかった。私たちを頼ってくれて、信頼してくれてありがとう。勇気を出してくれてありがとう。

　あなたのこと、事件として扱う捜査権はうちの署にはないんです。私だって担当者じゃない。でも、あなたと同じような体験をした女性に、ヒントをもらうことができたんです。それを確かめたくて。『エヴァジオン』っていうセミナーを調べてほしいって、言われたんです。それってハンクラ作家向けの起業セミナーなんですよね」

かたん、と立ちあがるような音がした――気がした。

「だから私、個人的に調べに行ってこようと思います。それだけお伝えにきました」

立ちあがって、スカートのシワをはらった。

「あ、そうだ。ついでにもうひとつ」

立ったまま、扉の向こうをみつめた。寝間着姿の女子大生の姿を思い描く。どんな姿をしているのだろう。やつれているだろうか。それとも少し太ってしまっただろうか。

「私、子供の頃、正義の味方になりたくって警官を目指したんです。でも実際になってみて、警察官の仕事って正義を行うことなんじゃなくて、法律を犯した人をつかまえることなんだって気がついたんです。テレビドラマで見た、金ぴかのバッジや身分証明付きの手帳を手にしたら、私は憧れていた正義になれると思っていた。でも今、私は違う考えを持っています。

正義は、世の中の理不尽に傷ついた人が、ほかの誰かが同じ思いをしないようにって持ち寄った小さな勇気のパッチワークでできてるんじゃないかって思うんです。それを縫い合わせ、橋渡しをできる人に私はなりたい。みんなの痛みが、それを乗りこえる勇気が、正義のかたちをつくっていくんだと思うんです。

怜香さん、私、あなたの気持ちを想像することしかできなくて、だから、見当違いのことを言ってるかもしれないけど——だけど、もしあなたが、今傷ついて、自分が惨めでなにもかもイヤになってしまったとしても、そんなあなただからこそ、わかることがあるはずなんです。守ってあげられる人がいるはずなんです」

辰巳は扉の向こう側まで突き通るよう、声を張った。

「だから、自分を卑下したりしないでね。この世界で苦しむ人を少しでも減らすために——私たちには、あなたが必要です」

ずっと待っているから。だから、いつかそこから出てきてね。

心の中でそう言い残して扉を後にした。

【9】

七月二十日。ハンドメイドフェスタ内で行われる、「エヴァジオン」のセミナー当日がやってきた。

透は、朝から風呂場で脱毛クリームを使って髭を溶かした。剃ると毛の断面が大きくなって余計に毛穴が目立ってしまうので、蒸気で蒸らして薬剤で溶かす。

独特の刺激臭のするクリームを、スポンジでこすり落として丁寧に流した。あとは化粧下地のあとスティックファンデーションを塗り込めば、毛穴はほとんど目立たなくなる。

鏡の前でゆっくり喉仏を撫でた。体重は増えていないが、最近さらに体が骨ばってきたような気がする。多少気にはなるが、今日はシフォンのスカーフでごまかそう。最近は冷房対策に巻く人もいるから、不自然には思われないだろう。

大きなスポーツバッグに、サンダルと着替え、ロングヘアのかつらを詰めた。マスクをつけキャップをかぶって家を出る。

「図書館で勉強してくる」

両親にはそう言って、透は夏の太陽の下に出た。

田園都市線に乗り、渋谷駅に出た。

駅の構内にある鏡の前で透は立ち止まり、キャップを脱いだ。バッグから女もののキャスケット帽を出して、かぶり直す。つばが大きくて顔が見えにくいものだ。

それから金鎖のロングネックレスをつけた。目立つアイテムがあると、多くの人はその属性の先入観をもって人を見てしまう。ちらっと見ただけなら、ボーイッシュな子だと思ってもらえるだろう。

地下通路から大型商業ビルを目指す。人波をかきわけて女性用トイレへ向かった。ここには提携しているクレジットカード会員限定の豪華なパウダールームがある。

昨夜遅く、母親の財布のパンパンにふくらんだカード入れから、一枚抜いておいた。そのカードをカードキー代わりに入り口の端末にかざし、すばやく中へ入る。個室の鍵をかけて、透はほっと一息ついた。ここに入るときが一番緊張する。

広い個室だった。太陽光に近い色を再現したという照明が室内を明るく照らしている。ウォシュレット付き便器の隣には、着替え用の靴脱ぎ台もついていた。空気清浄機もついているので、トイレの臭いも気にならない。両親が家にいる休日は、ここでゆっくり支度をする。

個室のドアを再び開けたとき、透はとろりとしたジョーゼットのブラウスを着ていた。腰から下は黒のチュールスカート。インドア派でハンドメイドが趣味、キラキラしたロマンティックなものが好き、というミハルのイメージに合わせたつもりだ。

パウダールームの椅子に腰かけると、正面の鏡の周囲をふちどった電球に、ぱっと明かりがともり、透の顔を照らした。空席をふたつほどおいて、年配の女性が座っていたが、透のほうをちらりと見ても不審がる様子はない。安心してメイクをする。

脱いだ服をスポーツバッグにおさめて、駅のコインロッカーに入れた。レース付きのかごバッグを持つ。かごバッグの持ち手には、まあやの新作である織姫（ヴェガ）シリーズのバッグチャームがぶら下がっていた。長方形のフレームに薔薇（ばら）色とライトグレーのラインストーンを貼った作品だった。ちょっと子供っぽいかな、と思うような華やかなピンク色を、シックなグレーが引きしめている。これが、まあやとの待ち合わせの目印になっている。

スマートフォンの画面で時刻を確認すると、少しだけ予定の時間をオーバーしていた。支度に手間取ってしまったようだ。透は足早に東横線のホームに向かった。手にしているスマートフォンのカバーも、すでにまあやの作品に取り替えてあった。今日のためにピスケスが用意してくれたものだ。駅前の宅配便の受け取りロッカーを介して受け取った。

元町・中華街駅で電車を降りた。地上へ出ると、うっすら曇った空を背に、マリンタワーと郵船氷川丸のマストが見えた。

駅の入り口には、待ち合わせらしい人々が数人いて、時々あたりを見まわしていた。その中のひとりが、透を見てぱっと眉をあげる。片手にさげている牛革のトートバッグを持ち上げて見せた。透がバッグにつけているのと同じ、織姫シリーズのバッグチャームが光った。

透は、サンダルの踵を鳴らしながら歩み寄った。

「やっぱり！　ミハルさんですよね？」

相手は嬉しげに笑った。

「すみません、お待たせしました。まあやさんですね」

透はあえて高い声は出さなかった。ひっくりかえってしまうのが怖いからだ。普段より少しよそ行きくらいの声でいい。世の中には男性より声の低い女性もたくさんいる。語尾をやさしく、ささやくようにするだけでそれらしくなる。

「うわあ、こうしてじかにお会いできると、なんか不思議な感じですね。はじめまして」

鼻の下にびっしり汗をたくわえたまあやが、ぺこっと頭をさげた。

透はちょっと意外な感じがした。ＳＮＳのまあやのコメントは、上品でもっとすました印象だったのに、実際に会ってみると親しみやすい人物に見えた。

まあやは、ハワイアン柄の派手なワンピースを着ていた。カナリアイエローの木綿地に大きなハイビスカスを配した、マーメイドラインのロングドレスだ。透は笑顔のまま、しばらくその存在感に圧倒されていた。

襟元にひっかけたサングラスが載っているのは、谷間の見えそうな大きな胸。その下に女性特有のくびれはなく、浮き輪をはめたような肉の段。さらにスノーマンみたいなころんと丸い下腹部が続く。膝で一度くびれたデザインのスカートが、裾に向かって金魚の尾ひれのようにひろがっている。その下から、たくましい足が狭苦しそうにローヒールのパンプスに押しこまれていた。

「ハニー工房」のまあやは、作品やサイトのイメージから想像していたよりも、ずっとふくよかで、はっきりと主張のあるものが好みのようだ。

「もうセミナーの時間がせまってるし、移動しようか」

「あ、そうですね。すみません。ぎりぎりになっちゃいましたね」

ふたりはすぐに連れだって歩きだした。

貿易ホールは歩いて十分ほどの場所にあった。道をはさんだ右手には山下公園がひろがっている。人だかりの隙間から、ジャグリングをする大道芸人の姿がちらりと見えていた。

　まあやは、歩きながら扇子でひらひらと顔をあおいでいる。爪は短く、ネイルもしていない。関節のところでくびれた指は、膜でつつまれたタラコのようだ。あの指で、砂粒のような小さな石を扱っているのか、と透は感心した。

「私、ミハルさんが想像以上に美人でびっくりしたよー。大学でもモテるでしょ？」

　まあやは大きく口を開けて笑った。目も口も大きくてエネルギッシュな印象だ。美人とは違うかもしれないが、表情豊かで人を引き込むものがあった。

「そんなことないです。学校では地味なんですよ私。大勢でワイワイみたいなノリが苦手で」

「もうSNSで顔出ししちゃえば？　男に媚びた感じじゃなくて、自然体ナチュラル美人みたいの目指したら、すごくファンが増えそう」

「え、いえ。就職活動もありますし、さすがにまずいんじゃないですか」

　透は口に手をあてて控えめに笑った。こんなに作り込んでいる自然体美人、なんてありえないだろう。

「不利になるかな？　んー、でも、もったいないなあ」

　まあやは、くったくなく笑う。

　イベントホールの入り口にたどりつくと、ビルをまわりこむようにしてすでに入場待ちの行列ができていた。ふたりは顔を見合わせ、いそぎ足で列に並んだ。

そういえば、と透はふと疑問に思っていたことをぶつけてみた。

「初心者用のセミナーなのに、まあやさんも参加されるんですね」

「うーん。私、登録してから数ヶ月間頑張ってみたけど、思ったほど売れてないんだ。次の作品の材料費出すだけで赤字になっちゃう。人気のない底辺作家なんだよ」

まあやはしょんぼりとうつむいた。

「だからね、ぶっちゃけ、私のショップはミハルさんの参考にはならないと思う。今日のセミナーでヒントをつかんで、なんとかこの状況から抜け出したいんだけどね……」

悲しげに眉を下げたまま、頬をひきあげ無理に笑顔をつくって透に笑いかけた。

「まあやさんにはたくさん交流してるお友達がいるじゃないですか。底辺なんかじゃないですよ！」

透が思わず強い口調で言うと、まあやはちょっと意外そうな顔になった。そして、すぐに照れくさそうに微笑む。

「ありがとう」

「……いえ。そうですよね。素敵な作家さんは大勢いるし、たくさんのショップの中からお客さんにみつけてもらうだけでも大変な競争率ですよね」

ほのぼのした趣味の世界にも、学校の教室の中と同じようなヒエラルキーがあったのか、と透は寒々とした気持ちで考えた。なにか自分の武器を使ってアピールしていかなければ、周囲から一目置いてはもらえないのか。

それをセミナーで学ぼうとしているまあやのいじらしさに、少なからず同情した。

講習会用のスペースは、イベントホールの一角をついたてで仕切った場所だった。学校の教室ほどの広さがある。ついたては造花の蔦で飾られていて、明るくナチュラルな雰囲気だった。長机が並び、四十人分の席の前に資料が用意されていた。ふたりが到着したときには、ほとんどの受講生がすでに着席していた。

正面にプロジェクター用のスクリーンが用意されていて、講演台の脇にはガラスのデカンタがあり、ころんとしたオレンジピンクのイングリッシュローズが投げ入れられていた。

壁によせた机には、白いドーム形の機械が五台用意してあった。どうやらそれがレジン用のライトらしかった。「魔法の鍵」を作るのに使うのだろう。

透はまあやの隣の席に座って、香内美里の登場を待った。

拍手とともに現れたのは三十代前半くらいの華奢な女性だった。白い半袖のツーピース姿で、クラシックな黒エナメルのハイヒールを履いていた。きりりと姿勢がよく、歩く姿もモデルのように隙がなかった。体型は細くても、弱々しい印象はまったくなかった。

講演台の前に立つと、にっこりと笑顔で話を始めた。

「ここにいるのはみなさん女性ですよね。小学校に通っているうちは、男の子より女の子のほうがしっかりしてるって思うことが多かったんじゃないですか？」

くすくすと笑い声が起きた。

「あの頃は、男女平等って教わったはずなのに。この国に生きる私たちは、実際には男性と同じキャリアを築くことは難しいですよね。もちろん、企業で働いてそういう現実とじかに戦っている女性もたくさんいます。私は彼女たちを尊敬し応援しています。でも、私にとっては、妻になり、母として生きることも大切な人生の一部でした。夫の転勤についていくために、仕事を辞めました。復帰も考えましたが、娘を授かり、先延ばしにしました。出産後、幼い子を保育園、こども園に預けて働く方法もあったかもしれません。でも、誰のために、なんのために働くのか、それを考えたとき、どうしても家族との時間をないがしろにはしたくなかったんです」

香内はゆっくりと、受講生の顔を見まわした。卵形に整った顔。前髪を横に流したセミロングの髪。目はひとえで鼻も口も小さい。化粧も控えめで、決して自己主張の強い顔ではない。どちらかというと平凡な容姿の彼女が、力強く自信たっぷりに言葉をつむいでいく。そこには不思議な説得力があった。

「ひとつの道を選んだら、もうひとつの道はあきらめなくちゃダメなんでしょうか。それとも、家事と育児をしながら、男性や独身の人に負けないくらい仕事もやって、身も心もへとへとに疲れきるまで頑張らなくちゃいけないでしょうか。

いいえ。女性が我慢する時代はもうとっくに終わっているんです。私は欲張りなので、『もっと！』と声をあげます。もっといつもの生活を大切にして。もっと子供の目を見て、話をきいて。もっと自分の特技を追求して。もっと頭を使って。もっと誰かと交流して。もっと稼いで。もっと幸せになる。

正しい努力をすれば、そういう生活をちゃんと実現できるんです。それを私は自分の生き方で証明してきました。このセミナーでは、そのときのノウハウを、さらに今の時代にアップデートしてお伝えしたいと思っています」

透はこの一見するとあまりカリスマ性がなさそうに見える女性を、圧倒される気持ちで眺めていた。

この人は間違いなく主婦だろう。台所で米をとぐ様子が、掃除機をかける様子が、娘の髪を結ぶ様子が、普通に思いうかぶのだ。そして、同時に起業の成功者だという。そのギャップが女性の気持ちを動かすのだろうか、と思った。

私だってこの人みたいになれそう、という期待に心をくすぐられるのだろうか。

セミナーの内容は、香内の自己紹介と「夢を叶えましょう」「幸せになりましょう」という受講生への励ましだった。

透は導かれるままに、席に置いてあったワークシートに「自分の夢」を書き込んだ。

『レジン細工で、サイトに自分のお店をひらく。お客様に喜んでもらう』

「へえ、ミハルさんはレジン作家だったんだ」

ちらりとのぞきこんで、まあやがささやいた。

「ええ。今、鉱石レジンの作り方を研究してるんです。多方体とか、水晶の結晶みたいなかたちをうまく作れるように」

透はピスケスと打ち合わせてきた設定をおそるおそる話した。

受講生の様子を見て回っていた香内が、透の机に来てワークシートに目をおとした。

「そこまで方向性が決まってるのね。じゃあ、これからお店のコンセプトや、ターゲット層の絞り込みをやっていきましょう。面倒臭いかもしれないけど、それを先に考えるのと考えないのとでは、結果が全然違うのよ。うまくいくように、きちんと準備していきましょうね」

透としっかり視線を合わせて、目を細める。透の顔をそしてスタイルを、一瞬値踏みするようにじっとみつめた。

「まだお若いのね。学生さん？」

「大学三年生です。就職活動中なんですけど。自分の進みたい方向がまだよくわからなくて……」

わかるわあ、と香内は母親のようにやわらかく言った。

そして、まあやのほうをふりかえった。

「ふたりはお友達？」

「はい」

「あ、いえ、私がまあやさんの作品のファンで。今日は誘っていただいて」

透はあわてて否定した。

「まあやさんに、すごい先生がいるってお話をきいたので、どうしても参加したくて」

透は両手を胸の前で握り合わせた。

まあやが、その横からぐいぐい割って入ってくる。

「じつは他の作家さんから香内先生のお噂をきいたんです。みなさん先生のアドバイスでみちがえるようにショップが洗練されて、売れるようになったってお話してて。私、クラージュで『ハニー工房』ってお店をしてるんですけど、今なかなかお客様がつかめないんです」

まあやはハンクラサイトのショップのアドレスと屋号の入った名刺をとりだして、香内に差しだした。

「だから今日は先生にアドバイスしていただきたくって来たんです。でも、さっきのお話をきいてすっごく元気が出ました。自分が素敵だと思うものを作って、それを気に入った方に買ってもらって。そのお金でまた、新しい材料や技術をみがいて、どんどん楽しいことを循環させていけたら素敵ですよね」

顔を紅潮させて、まあやは香内に熱っぽく語る。

「こちらこそ、そんなふうに言っていただけて嬉しいわ。みなさんが幸せになるのが、私にとって一番嬉しいことですから」

香内は如才ない態度で、丁寧にまあやに応じた。

二十分ほどかけて、受講生はそれぞれ、ワークシートに自分の夢を書き込んだ。

香内からのアドバイスを受けて、書き足したり、修正したりしながら、楽しげに「なりたい自分」を明文化していく。

「毎日家事と育児に追われていると、自分がなにをしたいかもわからなくなっちゃうの。こういう時間って貴重だわ」

そんな声もきこえてきた。

最後に、今日の気持ちをかたちに残しておくために、『夢をきりひらく魔法の鍵』を作ることになった。

香内から全員に金色の鍵が配られる。柄についているハート形の枠に、レジン細工で自分だけの装飾を施すのだ。

レジン用のライトの隣が制作のためのコーナーになった。作業用の台の脇には、たくさんの種類の装飾用パーツが用意されていた。種類別にピルケースくらいの小さな透明の容れ物に入っている。

　透が迷っていると、まあやが透明のケースをひとつとりあげた。

「ミハルさんはシェルが似合うと思う。どう？」

　ふりかけのように細かい貝殻の破片が入っている。まあやが軽く振ると、白いシェルは南洋真珠のように青みがかった色に光った。

「夏っぽいし、いいですね」

　角度によって複雑な色を見せるシェルは、自分らしい装飾だと透も思った。


　セミナーの帰り、まあやにお茶に誘われた。駅の近くにあるショッピングセンターに入り、大型書店の中にあるカフェに席をとった。

「私、買ってくるから席とっといてくれる？」

　まあやは、ふたり用のテーブルの椅子にどさりと革のトートバッグを置いた。透は素直にうなずいた。

「ミハルさん、なににする？」

「私はアイスカフェオレで」

「え？　そんだけ？　お腹すかない？」

まあやは目を丸くした。そして透をしげしげと見た。

「そりゃあ、細いはずだわ。今度、私がおすすめのお店に連れてってあげるよ。ふっかふかのホテルブレッド一斤使った極上のハニートースト出してくれるの。バニラアイスの上からエスプレッソをかけると、もう最高。最近チョコトーストも出たんだ。パンの中に、上質なバターと板チョコがまるまる一枚入ってて、ナイフをいれるととろりと溶けだすんだよ！」

なるほど、原因があって結果があるというわけだ。まあやの体型を見ながら透は妙に納得した。

「すごい。おいしそうですねー」

透が苦笑いで返すと、

「人類は、不安やストレスをカロリー摂取で解消するの。私は幸福を追求する」

まあやは、まるで哲学を語るように重々しく宣言した。

透は椅子に腰かけて、バッグからスマートフォンを出した。

メールとメッセージアプリに通知がついている。

メールは香内からだった。セミナー参加者のアンケートを書いたときに、透はミハルのSNSアカウントとメールアドレスを書いていた。

内容は、香内の自宅でひらかれる起業サロンへの勧誘だった。誰でも参加できるわけではなく、とくに有望だと見込んだ人だけに声をかけている、と香内は書いていた。

これが、礼門の言っていた自宅サロンだ、と透はテーブルの下で、ぐっと拳をにぎりしめた。

香内がミハルのなにに期待しているのかはよくわからないが、とにかく目的は果たせそうだ。

メッセージアプリのほうには、ピスケスからメッセージが届いていた。


ピスケス＞＞メール見た？

ウィルゴ＞＞見ました。自宅サロン、呼んでもらえましたね。


ミハルのメールアドレスはピスケスが用意したものだ。当然彼もアクセスできる。

透はスマートフォンの画面からそっと視線をあげて、まあやの様子を見た。カウンターの受け渡しコーナーの前に立って、飲食物が用意されるのを待っている。安心して、また画面に目を戻した。


ピスケス＞＞うまいこと釣り上げたじゃん。

ウィルゴ＞＞順調にいってますね。

ピスケス＞＞メールにはこっちで返事しておくから、ウィルゴはまあやを誘って。
ウィルゴ＞＞まあやを？　香内の自宅サロンにですか？
ピスケス＞＞山羊の指示だ。ふたりで行ってほしいんだ。そのほうが安全だからな。
「まあやを出し抜くみたいでひとりで行くのは気がひける」とかなんとか。香内には
うまく言っておいてやるから。お前は、まあやに「一緒に行きましょう」って声かけ
て。
ウィルゴ＞＞わかりました。僕もそのほうが心細くないですし。

やがてまあやが、パニーニとミルクレープとコーヒー、そして透のたのんだアイスカフェオレをトレイに載せて帰ってきた。

「あ、ありがとうございます」

トートバッグを膝の上に載せ、まあやは椅子にどしりと腰かけた。紙おしぼりで手を拭くと、コーヒーに砂糖とミルクを入れた。太い指で木製のマドラーをくるくるまわす。

「あの、まあやさん、来週の週末ってお忙しいですか」

「うん？　とくに予定はないけど」

「私さっきメールをいただいて、香内先生の自宅のサロンに参加できるみたいなんですけど、よかったらまあやさんも一緒に行きませんか？」

「えっ？」

まあやは手をとめて目をまんまるくした。

透はメールの内容を思い出しながら、まあやに説明した。

「香内先生が、ハンクラサイトだけじゃなくて委託販売とかイベント出展とか、もっと手広い展開を考えたほうがいいって。メディアに取りあげられるようなメジャーな作家になりたければ、そういうことにもチャレンジしたほうがいい、そういうことは、セミナーにやってくる全員に勧めているわけではないので、ある程度可能性のある方だけに特別にお話したいって」

ストップモーションのように止まっていたまあやが、一呼吸おいて目を輝かせた。

「あー、あの噂は本当だったんだ。香内先生に気に入られると、特別にご自宅に呼んでもらえるって。ミハルさん、すごいよ」

透はあわてて両手を広げて左右に振った。

「で、でも、私まだハンクラサイトへの登録もしてないし、急なお話で……。よかったらまあやさんも一緒に先生のお話をきいてくれませんか？」

「私もついてっちゃって大丈夫かな……？」

遠慮がちな口調とはうらはらに、まあやの顔にはすでに喜びがみなぎっている。

「きっと大丈夫ですよ。私から、香内先生にお願いしてみますから」

まあやは鼻の穴をふくらませた。完全に有頂天だ。

「すごい。全部ミハルさんのおかげだよ。ありがとう！」

「あ、いえ、私はべつに……」

「一緒に頑張ろうね」

力強く言って、まあやは自分の鞄についている自作のバッグチャームを愛(いと)おしげにそっと握りしめる。

「こーんなちっちゃな手芸品が、人の人生を変えるなんて……なんか不思議だよね」

感慨深くため息をついていた。

【10】

香内の自宅は都内ベイエリアのマンションだった。

透とまあやは豊洲（とよす）駅で合流し、地下鉄のエスカレーターを上がった。地上に出ると、潮の匂いがした。湿り気のある磯（いそ）の匂いだ。生乾きになった水着の匂いにも似ていた。まだ梅雨明け宣言は出ていなかったが、初夏の晴れ間がひろがっていた。青色の深い空にくっきりと積乱雲がうかんでいる。三角形をした紅白のクレーンが、建設中のビルを冠のように飾っていた。

透はノースリーブのワンピースを着ていた。肘にかけたバッグには、まあやのチャームの他に、一回目のセミナーで作った「魔法の鍵」もぶら下がっていた。

『世界でひとつだけの自分のブランドをつくりあげる。自分の価値を知る』透はセミナーの自己分析シートにそう書いた。それがミハルの夢ということになった。

まあやは、あいかわらず大柄のワンピース姿だった。前の服と同じブランドなのだろうか。はっきりしたローズピンクの生地に白のカラーの花がプリントされていた。縫い目がはじけとびそうなウェストの下はタイトスカートになっていて、ぽっこりふくらんだ下腹部のラインがあらわになっている。透は違う意味で目のやり場に困ってしまう。

駅から歩いて五分ほどのタワーマンションを目指し、ふたりは歩きだした。広い三車線の道路は、整備されてまだ日が浅い印象だった。歩道に等間隔に植えられた並木も、まだ細い若木だ。

遊具のある公園が見えてきた。半球を伏せたような大型遊具のまわりに、親子連れが集まっている。公園の背景は海だ。驚くほど近くに海があり、水平線の手前で水上バスが白く光る水脈をひいていた。

橋を渡り、大型の商業施設とタワーマンションが続く区画に来た。建物と建物の間の谷間のような道を歩いていく。整った植栽のあるお洒落な散歩道だが、とてつもなく強い向かい風が吹いていた。

透はあわててスカートと頭をおさえた。髪の毛が吹き飛ばされそうになる。ここでかつらを飛ばされるわけにはいかない。

「ここ、ビル風がすごいのよね。ミハルさん、もうちょっと頑張って」

明るく励まして、まあやは目の前のマンションを指さした。高級車の展示場のようなガラス張りのエントランスが見えていた。

香内美里の自宅は、地上四十八階のタワーマンションの四十三階にあった。

エントランスを入り、ふたりはエレベーターに乗った。

「ここ、すごくいい場所ですよね。海が近くて公園も緑もたくさんあるし。私も将来こんなところに住めたらいいなあ」

透が女子大生らしい台詞を懸命にひねりだすと、まあやがふっと笑った。やさしげな笑い方だった。

「本当。再開発できれいになったよね。都心にも近いし、小学校や保育園もこれから増えるらしいよ。でも、住むとなったら、すっごいお金持ちにならないとね」

「香内先生はすごいんですね」

「先生は、もとは普通の主婦なんだよ。自分でそう公言してるもん。ご主人は商社に勤めてて今は海外赴任中。たしか娘さんがひとりいるはず。夫の転勤についてあちこち転々として、とくに仕事もしていなかったんだけど。自分で美意識を磨いて、自宅で化粧品のデモンストレーターや、宝飾品のアドバイザーをやって成功したんだよ」

まあやはしっかり予習しているようだった。

「独学で勉強されたんですか」

「うん。夢があるよね。経営とかマーケティングとか、そういう経験も資格もない一介の主婦が、家事と子育てをしながら勉強して、ちゃんと数字出して稼げるようになるって、すごくカッコイイ」

まあやはうっとりと言った。

「今はさ、子供を産んだって、会社を辞めたって、自分次第で稼げる時代なんだよ。先生のお話をきくと元気が出るの。専業主婦って、ヒマだとか、世間知らずだとかすぐバカにされるけど、私だって社会で活躍する可能性があるんだから。これからも、自分らしく頑張ろうって思えるんだ」

四十三階に降り立った。同じフロアには他に二戸あるようだった。香内の部屋は角にあり、共有廊下のつきあたりには、防火用の鉄扉があった。扉の上には、ペンキで「非常階段」とペイントしてある。高層階に住むのはたしかにステイタスだが、いざというとき階段で上り下りするのは大変そうだな、と透はひそかに考えた。

インターフォンを押して透がミハルの名を名乗ると、どうぞという声とともに、玄関ドアが解錠される金属音がした。

玄関を入ると小さなホールがあった。小さなシャンデリアの下にはシュークローゼットがあり、たたきには香内のものらしいローヒールのバレエシューズが一足置いてあるだけだった。

「ここでは、くつろいでお話してもらいたいから、先生じゃなくて友人みたいに思ってくださいね」

出迎えた香内は、黒のリネンのワンピース姿だった。透け感のある生地をたっぷり使ったシンプルなデザインだ。

いそいそとスリッパを出され、リビングに通された。ドアを入ったとたんに、チキンの香りが鼻をくすぐって、お腹がなりそうになった。鶏肉の皮が焼けるときの脂の香りと一緒に、ちょっとだけスースーする薬のような香りもする。透は母親がいっとき育てていたハーブの寄せ植えを思い出した。この匂いは、たしかローズマリーだっただろうか。

アイランドキッチンで動く人の姿を見て、透は驚いた。

女性がふたり、コック帽をかぶってたち働いている。

「今日のランチは、シェ近藤の出張シェフをお願いしてるの。もうすぐできるから、楽しみにしていてね」

二十畳はあるだろうリビングはモデルルームのように片付いていた。右手がダイニングスペースになっていて、テーブルと四脚の椅子が置いてある。その奥がアイランドキッチンになっていた。

左側のつきあたりには天井の高さぴったりに作られたテレビ台がはまっていた。その前には毛足の長いラグの上に、ソファの応接セットがどっしりと置かれている。

ソファの背後にあたる大きなガラス窓からは海が見えた。木製のブラインドが巻き上げられ、波が夏の陽に反射して輝いている。

海の色は、水平線近くは爽やかな青色をしていて、陸に近くなるほど灰色にくすんでいた。ビル建設中のクレーン、複雑にからみあった道路と橋が、ずっと下の方に見えた。

窓に対する壁には、額装された子供の絵が掛かっていた。クレヨンで大胆に描かれた大きな水色の象。その背中に女の子が乗っている絵だ。

「これってひょっとして娘さんの絵ですか？」

「そうなんです。描いた本人もすごく気に入ってたので、記念に」

「あれ、そういえば、今日はお嬢さんはいらっしゃらないんですか？」

まあやが尋ねた。普通の小学生なら夏休み中のはずだ。

「じつは今、思いきって山村留学に行かせてるんです。半年ほど長野の山の中にある農家にホームステイしています。あの子がいないと、本当はちょっと寂しいんですけど。でも、自然に触れて豊かな体験をしてきてほしいと思っています」

目尻に細かなシワを寄せて話す香内は、最初のセミナーのときの強そうな印象は消えて、娘の心配をするひとりの母親らしい姿をしていた。

やがてオーブンが開かれた。女性シェフが鶏肉を三人分の皿に手際よく盛りつけて、ダイニングテーブルに運ぶ。

スープとサラダ、あたためたパンに、生サーモンを使ったオードブルがついていた。

香内がシャンパンのハーフボトルを開けた。さすがに透は遠慮したが、すっかりこの贅沢な雰囲気にのまれていた。

　隣の席で舌鼓をうっているまあやをちらりと見る。ハンドメイド作家としての成功を夢見るまあやは、こんな生活に憧れているのだろうか。

　透は正面に座った香内を盗み見た。最初のセミナーで見たときは、三十代前半くらいに見えた。しかし、こうして落ち着いて相対してみると、目尻や額の細かいシワが結構目立つ。実際には四十代にはなっているような気がした。

　食後、ソファに移動しコーヒーを出されたところで、サロンにふさわしい話が始まった。

　前回のセミナーで、「自然石や鉱石マニアの女性を顧客にとりこめるよう、本物の鉱石そっくりのレジンを作る。そして、本物よりリーズナブルで軽量のアクセサリーとして身につけることができることを売りにしよう」というところまで話が決まっていた。「繊細な雰囲気を大切にしましょうね」と香内は言っていた。ひとつひとつの質は落とさず、単価を高めに設定して販売する方針だった。「一回に販売する数を限定して。そのほうがお客様が希少価値を感じられて購買意欲をそそられると思います」というアドバイスだ。

　香内は優雅にコーヒーカップを口元へ運びながら、「最近はどう？　忙しい？　作品の準備をする時間はとれてるかしら？」とミハルの生活を気遣う言葉から入った。そして、だんだんとハンクラサイトへ出店するにあたっての具体的なアドバイスになっていった。

お店は洗練されたデザインにしたほうがいい。最初から、素人っぽい人とは差をつけておいたほうがいい。とくにトップの写真をお洒落なものにしておくと、サイトのピックアップにも選んでもらえる確率が格段に上がる。スタートから差をつけられるのよ。

「ミハルさんはデジカメは何を使ってるの？」

「私、カメラや写真のことはよくわからないので、今はスマホのカメラを使っていて……」

だったら写真の講座を受けて勉強したほうがいい、とすぐさまパンフレットを手渡された。プロのカメラマンを呼んで、一眼レフの扱い方を学ぶ初心者向け講座のようだった。協賛に家電量販店の名前があった。カメラも割引で買うことができるという。ややも興味深そうに透の横からのぞいている。

「今は個人でも、プロのデザイナーにロゴやアイコンの制作を依頼できるのよ。お店の名前やコンセプトイメージに合わせたものを開発してもらうといいわね。たくさんお店があると、他人とかぶっちゃうでしょ。うちの店を真似したとかしないとか言って、出店者同士でトラブルになる例も少なくないの。でも、プロに依頼すればそんな心配いらないわよ。安心を買うつもりで、ね」

透は言われるままに、あいまいにうなずいた。さっきからすっかり会話の主導権を香内に握られている。柔らかな物腰だが、有無を言わせぬ強引さがある。ここは彼女の世界で、ここでは誰も彼女に逆らってはいけないような気持ちになるのだ。

香内は親切そうに微笑む。

「そんな困った顔しないで。あなたのためにお勧めしているのよ。私から見ても、ミハルさんは成功する見込みが充分あるから。だから絶対弱気にならないで、このまま埋もれちゃったら、もったいないわ。もっと欲張りになって、幸せになってほしいのよ」

「私のためだっていうのは、わかります。でも、そんなお金もってないですし……」

透は弱り果てて苦笑した。

「でももう成人してるでしょう？　今は学生さんでもクレジットカードも作れるし、ローンも組めるから大丈夫よ。リボ払いだったら、月々それほどの金額にならないから」

透は、渡されたパンフレットの講座や勧められたサービスの単価を、頭の中で足し算する。撮影機材。材料費。その他もろもろ。ざっと数十万円にはなりそうだ。

「ミハルさんは個人事業主になるんだから。自分のお店にしっかり投資して、収益を回収しないとね」

「は、はい。でもまだ、そこまで心の準備が……あの、私、お手洗いお借りしていいですか」

透は逃げるように席を立った。立ちあがると、軽く目がまわるような感じがした。

――起業。個人事業主。社長になって頑張る。一生懸命勉強して、セレブな生活を送る。

もっと。もっと幸せになる。家族も幸せにする。あなたならそれができるはず――。

言葉に羽が生えて、昆虫のように頭の中をわんわん飛びまわっているような気がした。

（これじゃ、励ましという名の呪いをかけられているみたいだ）

透は壁に手をついてフラフラと歩いた。香内に教えられたとおりに廊下を進んでトイレに入った。

音をきかれているとは思わないが、一応おとなしく便座に座って用を足した。

便器の脇には狭い飾り棚があって、テーマパークで撮ったらしい写真が飾ってあった。親子三人の写真だ。耳付きのカチューシャをした三歳くらいの女の子と、今より若い香内、そして夫らしき男性。

透は微妙な違和感を感じた。香内の娘はとっくに小学生になっているはずなのに、なぜか思い出の品は幼児のときのものばかりだ。あの頃が一番可愛かった、ということなのだろうか。

そっと廊下に出た。つきあたりの大きな扉が香内とまあやのいるリビング。今もふたりが雑談する声がわずかにもれきこえてくる。トイレの隣にあるのはバスルームだろう。

そして少し離れたところにあるのは、子供部屋とベッドルームか。

透は足をしのばせて二、三歩歩き、一番近くのドアの取っ手をひねった。細く開けて中をのぞきこむ。

やはりそこはバスルームだった。洗面台の脇に天井まで届く棚のついた広い脱衣所が見えた。

だんだん暗がりに目が慣れてきて、棚に入っているものの詳細が見えてきた。白い布がクリーニング屋のビニール袋に包まれて重なっている。あれはタオル、それともシーツだろうか。そしてパッケージもあらわに置いてあるのは、業務用の大きな箱に詰められたコンドームだった。

あわてて視線をめぐらせると、灯油タンクのようなラブローションのタンクがふたつ、目に入った。そのほかに積まれた箱も同様のアダルトグッズのようだった。

（――なんだこれは）

透は身震いした。自分は、来てはいけない場所へ来てしまったのではないだろうか。警戒心が頭の奥で大音量のサイレンを鳴らしている。このサロンは、なにかの罠だったのではないだろうか。

震える手でドアを閉め、取っ手をもとに戻した。その瞬間、近くで物音がして、透は小さく飛びあがった。冷や汗で背中が濡れてくる。

物音は寝室のほうからきこえた気がした。しかし、香内の娘は不在のはずだ。夫は海外赴任中ときいている。

食器の触れあう音に似ていた。そういえば、さっきの女性シェフがキッチンで後片付けをしているところだった。どちらかの部屋が、彼女たちの控え室なのかもしれない。そう考えることにして、透がリビングのほうへ足を向けたとき――、

「ミハルさん、大丈夫？　顔色が悪いみたい」

香内が立っていた。ぱたん、と後ろ手でリビングの扉を閉める。透はその音を絶望的な気持ちできいた。もう私たちはリビングに戻らない、ということだろうか。

戸惑っていると、香内はさっと手をのばして透の手首を握った。冷たい手だった。

「もう逃げられない」と思った。そう考えてから、悠長に他の部屋をのぞいている場合ではなく、さっさと荷物を持って逃げ帰るべきだったのだ、と気がついた。

「出店前にいろいろ不安になる気持ちもよくわかるわ。じっくり考えてそれから結論を出してくれればいいんだけど」

そこまで言って、香内は頬をひきあげて少し奇妙な笑い方をした。同情するような、面白がるような顔だ。

「でも、私にも事情があって、あんまり時間がないのよね」

ぐい、と手をひかれて、ふたつ目の扉の前に連れてこられた。夫婦の寝室だと思って

いた部屋だ。さっき物音がしたのも、ここだという気がした。

香内はドアを開けて、透を押しこんだ。

「ほら。連れてきたわよ」

中は暗かった。窓は全て遮光布で覆われている。最初に見えたのは床の上にしいたマット。座卓が置かれて、パソコンのモニターがふたつ並んでいる。隣で音をたてて動いているのは、プリンターのようだ。光源がモニターの明かりしかないので、ぼんやりとして周囲はよく見えない。部屋の奥とはついたてで仕切られていた。

パソコンの前には男がひとり座っていた。あぐらをかいている。キーボードに置かれた手の甲がモニターの光に青く照らされ、梵字(ぼんじ)の刺青(いれずみ)が入っているのが見えた。

「遅かったな」

男が振り向いた。プリンターのトレイにたまった書類をとり、香内に持たせた。

香内は手渡された書類を透に見せ、反対の手にボールペンを押しつけた。

「ここに本名でサインして。これで、ミハルさんも夢への切符を手にできるわね」

書類には契約書、と印字されていた。さっきまで説得されていたサービスを全部購入することになっている。

「これって、私、借金するってことですか」

透が怯えた声を出すと、香内は涼しい顔で微笑んだ。

「ええ、最初はみんなそこからスタートするのよ」

「でも私、こんなに貯金ないし」

「大丈夫、いいアルバイト紹介してあげるから」

「え?」

透は言葉を失った。

「ミハルさん、あのね、大きな夢を叶えるには、それ相応の投資が必要なの。私、今まで何度も説明したでしょう?」

香内はややうんざりした様子で言った。

「みんなそうしたの。だから、今度はミハルさんが頑張ってね」

香内が笑った。心底楽しげな顔だった。今まで、どこか演技めいた上品さを見せていた香内が、今は子供のように無邪気に笑っていた。

「ねえ、サインしないの? 今のミハルさん、そんなこと迷ってる余裕ないでしょ?」

暗い部屋の奥から、ぞろぞろと男たちが現れた。透は五人の男と香内にかこまれていた。男たちは肉体労働者のような分厚い体をしている。透がひとりで向かっていったところで、片手で吹っ飛ばされてしまうだろう。

静かな部屋に、パソコンのファンの作動音と冷房の送風音だけが響く。閉めきった部屋は寒いほど空調がきいている。それなのに、透の背中には幾筋も汗がつたって流れていった。

　香内が息苦しい沈黙を破った。

「ミハルさんあのね、オレオレ詐欺、とかあるじゃない？　ああいう詐欺してつかまる若い男の子がいるでしょう。あれ、いわゆる不良だと思う？　まっとうに教育を受ける道からドロップアウトしてしまった人だと思う？　でもああいう子の中には、進学費用とか留学費用がどうしても必要だったから手を染めたっていう子がいるのよ。みんな、自分の将来をきりひらくために死にものぐるいなの。だからね、あなたもお金がないなら、そのくらい必死にならなきゃ。ここはそういう世界なんだから」

　そして、面白くて我慢できないように笑いをもらした。

「あれは嫌、これは嫌、なんて甘ったれてるうちは成功できないわ」

　透は男たちの無言の圧力にねじ伏せられ、仕方なく契約書をパソコンデスクの端に置いてサインをした。

「じゃ、あとはよろしくね」

　酷薄に告げて、香内は部屋を出て行った。扉を閉める瞬間、一度だけ透のほうをふりかえった。廊下の明かりが細くなって、消えた。

　密室の中に、透と五人の男たちが残された。

　透はさっきの契約書の文面について考えていた。借金？　アルバイト？　男性向けエステサロン？

頭の中がクエスチョンでいっぱいだ。香内の圧力に負けて、とっさに名前の欄に青山光と書いてしまった。あれが有効だとは思わないが、おそかれはやかれ、嘘を書いたことでこの男たちに責められることは明白のようだった。

男たちは、細かく作業分担しているようだった。パソコンの前にいた刺青の男はそのまま座っている。データ担当なのだろうか。

「じゃ、始める？」

ひとりが小型ハンディカメラのストラップを片手にはめた。

リーダー格らしいトレーニングウェアの男がうなずくと、いきなり透は足を払われた。ストッキングの足はつるりとすべり、床に倒れこむ。天井にはまった円形のシーリングライトが見えた。ルネのガラス作品を模したアールデコ調の飾りのついた明かりだった。そのままふたりがかりで持ち上げられ、ついたての向こう側に放り投げられた。

堅い床にたたきつけられる、と身をかたくした一瞬の後には、すべすべしたマットレスの上に落ちていた。サテンのカバーがかかったダブルベッド用のマットレスだ。

次の瞬間、かあぁっと燃えるように視界が明るくなった。撮影用の蛍光灯ライトが網膜を焼く。傘のように開いた銀色のディフューザーが発光して、マットレスに横たわる透を照らしている。

「じゃ、宣材用のビデオ、撮影しよっか。せいぜい頑張ってね」

左側に照明。その脇にカメラをかまえた男。右側には反射板を持った男が立て膝をついている。正面に陣取ったトレーニングウェアの男は、いつのまにか大きなハサミを持っていた。大きく開かれた刃先が照明の強い光の中でぎらりと光る。

もうひとりいたはずだ。視線をめぐらすと、そいつは右側の小さなロッカーのようなものから、なにかこまごまととりだしているところだった。その片手にかかっている物が白いロープだと気がついたとたん、透は悲鳴をあげていた。声を出したら終わりだと思っていた。それでも我慢できなかった。

「叫べ叫べ。ここは防音してある。なにしろ寝室だからなあ」

男たちは、透の恐怖心を弄ぶように笑った。

照明に照らされて、目がくらんだまま透は動けずにいた。

震えていると、ブラウスのあわせにハサミの刃を入れられ、切り開かれた。Dカップのビスチェがあらわになる。透はあわててベビーピンクのリボンのついたカップを両手で隠した。男たちはシリコン製の胸にはまだ気がついていないようだ。

「おお、なかなかそそるポーズじゃねえ？」

無駄な抵抗をしているように見えるのか、男たちはさげすむような顔で笑っている。

「ほーら、そんなことしてると、指切り落としちゃうよ」

胸をかばっていた手の先に冷たい刃が触れる。右手の人差し指の先をハサミの先ではさまれた。

ちゃく。聞き慣れた音とともに、しびれるような痛みが走った。

「いっ」

透はマットレスの上でびくりと飛びあがっていた。

「痛いよなあ。神経集中してるから」

人差し指の先がぱっくり一センチほど口を開けていた。傷口から、深紅の玉がぷっくりと盛りあがり、決壊してつたい流れた。ブラウスに血の染みが点々とひろがっていく。

「うっう……」

「もっと色気のある声出そうぜ。せっかく撮ってんだから」

透は左手で右手の手首をつかんだ。心臓が脈打つたびに、指先がはぜるように痛む。体をくの字に曲げて痛みに耐えた。

(血を……血を止めなくちゃ)

他にもっとしなければならないことがあるはずなのに、痛みに気が動転して、透はそれしか考えられなくなっていた。抵抗する気力を確実に奪っていくやり方だった。

ジャキ、ジャキ、と軽快な音がする。スカートが切られている音だ。手の痛みに耐えながら、膝を曲げ必死で足を閉じた。

「変わったパンツだな、おい」

バレエ用の肌色のTバックだ。後ろから見たら、ただの紐みたいに見えるだろう。

「いや、こいつ……」

「これ、女の尻か？」

ぐっと尻の側面を押された。前を向くように転がされる。どんなに頑張っても、細い腿の隙間から、確認されてしまうだろう。本来の性別を。

（もう無理だ）

半ばやけくそになって、透は叫んだ。

「バーカ、だまされてんじゃねーよっ」

片足をあげて正面の男に蹴りかかった。

確実にヒットした、と思った。男の顔を横から蹴りたおしたつもりだったのに、男はびくともしなかった。

そのまま頬にあたった足をつかまれる。男は透の足首をつかんだまま、肩こりでもなおすような仕草で軽く首をかたむけた。コキ、とかわいた骨の音がした。

透は絶望的な気持ちになった。暴れても無駄なのだと思い知った。

男が透の右足をぐいっと持ちあげた。男の視線が透の股間にそそがれる。じっとのぞき込まれて、透は必死で顔をそむけた。

「こいつ……野郎か」

ちゃく。ハサミでTバックのサイドを切り開かれた。股の間に隠していたものがぽろりと転げ出た。

「すげえ、全然わかんねえ」

「面白いな、顔撮っとけよ」

羞恥で耳の穴から湯気を噴きそうだった。涙がうかんでくる。

「どうする。処分か？」

「いや、ゲイ相手の売り専にいけるだろ。最近は女装フーゾクもあるしな」

透が男だと知っても男たちは平然としていた。値踏みするような目で全身を撫でまわされる。

「さっき暴れたからな。縛れ」

ジャージの男の指示で、男たちがふたりがかりで透の膝を曲げさせた。右の手首と右の足首を、左の手首と左の足首を結びつけられる。ジャンプする前の蛙（かえる）のような格好になった。両腕が足の内側にあって股を閉じることもできない。

透は泣きたくなった。

自分の無力さに絶望していた。

（どうして僕はなにをやっても、こんなにダメなんだろう）

女性を演じることが、唯一の特技だと思っていた。しかし、それだって結局は逃避なのだ。姉を守れなかった自分を、いっときでもごまかしていられる時間が欲しかっただけだ。本質はなにも変わっていない。家族どころか自分の身すら守ることができない。情けない非力な存在。

（男のくせに――男のくせに！　僕はいつもそんな弱い自分から逃げまわってばかりだ）

ごめんなさい、と誰かに謝った。

こんな情けない僕で、ごめんなさい。

両親にだろうか。姉に？　それとも、自分に？

「素股は研修に時間がかかるからなあ。手っ取り早く尻を拡張するか」

「こんな若いし、バックバージンなら映像も売れるかもな。ちゃんと穴撮っとけよ」

「先に言っとくけどな、まともに喘（あえ）げよ。アダルトビデオとか見たことあんだろ。女になったと思ってアンアン鳴けよ。気い抜きやがったら、この格好のまま直腸に穴あけて、死ぬまで放置するからな」

ひゅっと股間が縮まる感じがした。

「死んだら、電動かき氷器使って毎日ちょっとずつ便所に流してやるからよ」

透が青ざめるのを見て、ひひひ、と下卑た笑い声がわいた。

キュ、キュ、と雪を踏むような摩擦音がした。ジャージの男が右手に調理員のようなゴム手袋をはめている。

「あ、そうだ。ケツに手首まで入ったら、M男でも売り込めるな。挑戦してみるか？」

透に見せつけるように、男はわざと目の前で白いゴムに包まれた人差し指と中指をくいっと曲げた。透は目に涙をうかべたまま、必死で首を振った。

「そんなビビんなよ。女と一緒だ。いっぺん裂けたらあとは慣れちまうもんだからさ」

男がマットレスに膝立ちになって、透を見下ろしていた。男の後ろにはカメラ。レンズの脇には、録画中の赤いランプがともっている。撮影用の照明と、それを反射する反対側のレフ板。まぶしい光が涙で濡れたまつげに反射して、視界は光の洪水だった。

男がハサミの刃先で透のブラウスをひらいた。ブラジャーのカップを切り取って、作り物の胸をさらす。なだらかな滴形の桃色の半球体の先端には、ちゃんと色づいた乳首があった。

「なるほどなあ。よくできてる。こんなもん入れてやがったのか」

さく、とハサミが乳房に刺さった。ややあってから、とろり、と透明なシリコンが流れ出した。透の胸の中心をくだり、鳩尾(みぞおち)に池をつくり、へそへとつたう。

男がもうひとつの乳房にも穴をあけた。穴のあいた胸をぎゅっと絞ると、どくり、とゲル状の液体が透の痩せた体の左右に流れていった。男がゴム手袋をはめた手でそれをすくいとる。指に塗りのばすと、ぬちゃぬちゃと淫靡な水音がした。

「これ、ちょうどいいな」

「……やだ。……やめろ」

体が震え出した。とうとう涙があふれ出した。

怖くてたまらないのに、透は凶器のような男の手から目をそらせずにいた。

「ほう」

ちょっと感心したように男が息を吐いた。

「こいつ男だけどいい顔するな。無意識に加虐心そそるタイプだ。いじめたくなる顔してる」

バカにするな、と怒鳴りたい。それなのに、奥歯がガタガタ鳴らないよう、ぎゅっと嚙みしめているだけで精一杯だった。くやしくてくやしくてまた新たな涙がわいた。

「ラッシュ」

オペ中の医者がメス、と言うような口調だった。

小道具係が、すかさず黄色の帯をまいた筒をトレーニングウェアの男に差しだした。先の細い吸引口がついている。かの有名なセックスドラッグだ。たしか今は条例で規制されているはずだ。

「これ、ぶっとぶだけじゃなくって、肛門括約筋ゆるめる効果があるって、ゲイ風俗の連中には有名なんだよ。鼻から吸引するやつは即効性あるから。なあ、俺はやさしいだろ？」

小物係の男に顔をおさえられた。鼻の穴に吸引口をおしこまれ、もう片方の鼻の穴をふさがれた。ぷは、と口を開けて必死で息を吸う。その口も、ジャージの男の左手でふさがれた。前歯が折れそうなほど強く男の掌底がおしつけられる。

息ができない。完全な恐慌状態が襲ってきた。透は声にならない叫び声をあげ、無我夢中で暴れた。ばたばたと両手両足を動かそうとするが、縛られたロープはびくともしない。すり切れた手首がやけどしたように熱くなる。こんなときでも、ハサミで切られた人差し指はずくずくと痛みで脈打つ。

恐怖のあまり吐き気がこみあげてきた。

（光も、こんな絶望を味わっただろうか）

意識が遠のきかけるなか、透はぼんやりそう考えた。

あのときだ。コイルガンの前に立ったとき。

怖かっただろうか。絶望しただろうか。それとも。

防犯カメラの映像に映った黒い血だまり。あれを見た透が、脳天を打ちのめされるような衝撃とともに思い知ったものは、はたして絶望だけだったろうか。自分の無力さへの屈辱感だけだっただろうか。

（いや。ちがう。僕は受け取ったはずだ。死者の遺志を）

あのとき透は決心したのだ。

最後まで戦ったあの人の姿を忘れない。

命ついえる瞬間まで、希望を説き続けたあの人のことを忘れない。

（無駄じゃない。あの事件も、光が死んだことも――光はあの犯人の身勝手な行動に利用されただけじゃないんだ）

苦しい記憶の瓦礫（がれき）の下から、なにかが芽吹こうとしていた。

（光が生きた意味は、残された自分が見いだすんだ。僕が、光の死を無駄死になんかさせない）

透は自分に命令した。

逃げるな。あきらめるな。

たとえどんなに滑稽でも無様でも。

つまらない挑発に終わるとしても。

それでも、かまわない。

最後まで　た　ち　む　か　え　！

それは自分の心の声であり、同時にこの世ならぬ世界からの声なき声だった。

透は自分から前歯の隙間を開けた。男の親指の付け根があった。母指球が押し込まれてくる。すかさず思いきり嚙みしめた。もう奥歯は震えていなかった。

男の野太い叫び声がきこえた。

かまわず、体に残る力を全て前歯にこめた。

ぶつり、と歯の先端が皮膚を破る感触があった。生ぬるい液体が舌の上に流れ込んでくる。しおからい生命の味。鉄錆(てつさび)の臭いが鼻にのぼってきた。

男が手袋をした右手で透の頭を殴った。目の前に火花が散る。目をつぶすように指で押された。それでもやめなかった。

男は透のかつらをむしりとった。ヘアネットと髪をいっしょくたに鷲(わし)づかみにしてふりまわす。髪がぶちぶちとまとめて抜ける感覚は、まるで頭皮を裂かれているように痛かった。

透はひるまなかった。にゅるりと歯の先を逃げる筋肉組織片を、逃さずはさんで力いっぱい嚙みあわせた。

ぶつ。とうとう肉の中で前歯が完全に合わさった。

今度きこえたのは、長く尾を引く悲鳴だった。

髪から手がはなれた。透は頭を思いきり左右に振って、鼻先のドラッグの瓶をはらい落とした。首を起こして、サテンのシーツの上に口に残った血の塊をぷっと吐き出すと、新鮮な空気を貪った。

目の前でトレーニングウェアの男が、手を押さえて転げまわっていた。痛々しいうなり声が断続的に響く。透に食いちぎられた肉片が、手首のところまでだらりとぶらさがっているのが見えた。

透は叫んだ。よつんばいの無様な格好のまま、獣のように吠(ほ)えた。涙と鼻水が噴き出し、血と涎(よだれ)は首筋までつたっていた。

(僕はたちむかう)

たとえ勝ち目などなくても関係ない。バカみたいでも最後までやってやる。

(僕は光の弟だ。そうだ。僕は本当は、光になりたかったんじゃない。光の遺志を継ぐものになりたかったんだ――)

透は何度も雄叫びをあげた。

突然の興奮状態を、男たちはひるんだように遠巻きにみつめている。

「やってみやがれ！　またかじりとってやる」

小道具係が黒い棒状のものをとりだした。ちちち、と先端に稲妻のような放電が見えた。

――スタンガン。

透はマットレスの上を這って逃れようとした。しかしロープで縛られたままでは、ほとんど移動できない。小道具係の男は、靴のままマットレスの上にあがってきた。冷酷に壁際に透を追い込む。

透は息をのんで身を縮める。その震えるつま先に、ツノのようなふたつの先端が刻々と近づいていた。

【11】

「お待たせしました」

　香内がリビングに戻ってきた。

「ミハルさんは？」

　ソファに腰かけたままあやが尋ねると、香内は少し眉根をよせて小さな声で言った。

「ちょっと頭を冷やしたいっていうので、別室で休んでもらっています」

「気分悪いのかな？　心配だから私も見てきます」

　まあやは席を立った。

　香内は目を細めたまま、顔をひきしめた。

「大丈夫。それにはおよびませんよ。それより、まあやさんのお店の話をしましょうか」

　香内はまあやにもう一度座るよううながす。コーヒーカップの載ったテーブルを手で示した。

「今はそれどころじゃないでしょ」

まあやが振りきるようにしてリビングの扉に向かって歩き出すと、香内はあわててその腕をつかんできた。

「待って」

「どうして止めるの？　私がミハルさんを探しちゃ都合が悪いことでもあるの？」

まあやはじっと香内の目をのぞきこんだ。

「まあやさんも、アドバイスが欲しくてここまでいらしたんでしょう？　ちょうどいいじゃない。まあやさんのお話をきかせて？」

香内が強引に腕をひく。

「私は、ミハルさんが心配なの」

まあやは頑として言い張った。

いらだつように香内の表情が歪み、そして、あきらめに変わった。

「探したってもう遅いのよ。だってミハルさんは私たちと契約しちゃいましたから。あなたもこれでいいじゃない。ミハルさんは稼げる体してるし、あなたにはいくらでも、ああいうお友達がいるんでしょう？」

まあやは香内に向きなおり腕を組んだ。すっと目を薄くして香内をにらむ。

「ふうん、契約したってそういうこと？　そっか。こういうやりくちだったんだ。ハンドメイドなんて、すごく家庭的で平和な世界かと思ってたけど。ちょっと道をそれたら、あんたみたいな獣が潜んでるってわけだ」

　まあや、もとい辰巳は両手を組み合わせて、こきこきとならした。

「さー、そろそろ茶番は終わりにしようか。今日の私は、りょうこちゃんじゃなくってまあやちゃんだから、思いっきりいこうかな。たまには実戦がないと体がなまっちゃうもんね」

　辰巳はのびのびと言い放って、タイトにすぼまったワンピースのスリットをびりりと裂いた。ウォーミングアップなのか、とん、とん、とつま先で軽くステップを踏む。そのたびに胸と腹の肉が、たゆんたゆんと揺れる。

「なんなの、あんた何者なの？」

　香内が初めて怯えた声を出した。後ずさり身構える。

　辰巳は答えず、いきなり右の拳を突きだした。香内は体をそらせてよけるが、足もとが狭い。よろめいてソファの背に手をついた。すかさず、辰巳の左足が空をきる。香内の首の後ろに鋭い一撃がきまった。

「さあて。騎士はとらわれの姫を救いにいきますか」

　着地した左のふくらはぎが、ぶるんと波打つ。

　力を失った香内の体が、ゆっくりソファの上に倒れ込んでいった。

辰巳はリビングから廊下へ出た。次々と扉を開けていく。トイレ、バスルーム。脱衣所には棚にアダルトグッズが積み上げられていた。

辰巳は突撃の前に、もう一度あたりを見まわし、冷静に考えをめぐらせた。この後の戦いになにか利用できるものはないか、と。

＊

寝室のドアが開く音がした。勢いよく開き、壁にあたって跳ね返る音だ。

男たちの動きがぴたりと止まり、一斉にドアの方を向いた。なんだ、誰だ、と言う声が飛びかい、騒然となる。

次にどぷっと水音がして、パソコン係の男があわてた声をあげた。

「はい。ここまでのデータ消去ー」

闖入者（ちんにゅうしゃ）の歌うような声がきこえ、目の前のついたてが倒れてきた。

透の目には一瞬、ピンク色の巨大なボンレスハムがとびこんできたように見えた。驚きの声を喉の奥で嚙み殺す。

目の前にいるのは、灯油タンクによく似た半透明のポリタンクを片手にさげたまあやだった。

「ミハルさん、じゃなかった。ウィルゴくん無事？　あ、ちょっと無事じゃないな」

「ま、まあやさん……どうして」

なにから尋ねればいいのか、なにを説明すればいいのか。突然の事態に頭の中が渋滞をおこして透は口ごもった。

「遅くなってごめんね」

透に群がっていた男たちが、新しい闖入者に向かっていった。最初に、マットレスの脇にいた男がレフ板をかなぐり捨ててまあやに襲いかかった。

透は悲鳴をあげそうになったが、まあやの動きは鮮やかだった。

首を狙って突き出された両手を身をかがめてかわした。そのまま低い姿勢で突進して男の顎に下からつきあげる頭突き。男の喉から、がふ、と苦しげな声がもれた。顎をおさえて背中を丸めた男の上に飛びあがり、首の後ろからとどめの肘撃ちを入れる。巨体が床に崩れるまで、ほんの二、三秒だ。

なにが起きたのか理解できず、透は縛られたまま、ぽかんと口を開けていた。これはどういうことなのか。

しかし、次の脅威が迫っていた。透は反射的に鋭い声をあげた。

「まあやさん、後ろ！」

倒された男のうめき声と同時に、小道具係の男が、まあやを後ろから腕ごとおさえるように抱きついてきた。片手にはまだスタンガンが握られている。

まあやはすかさず、後ろに立っている男の片足を体重をかけて踏みつぶした。ひいっと変な声があがった。痛みでゆるんだ腕の片方をつかんで、くるりとその下をくぐりぬけると、男の腕はひねりあげられたかたちになった。両手で難なく肩をきめる。

スタンガンが床に落ちる音がした。肩の痛みからのがれようと姿勢を低くした男の顔を、鼻もめりこむ膝蹴りが迎えた。

――強い。

透はあっけにとられて、まあやの動きを見守った。

「はい。これでふたり。あと何人？」

「ふ、ふたりです」

カメラの男がまあやに向かって一歩踏み出した。体を沈めて蹴りをくりだす格好だ。空を切る右足を、まあやはバックステップでかわすと、空いたボディにリバーブローを打ち込む。ベースのような重低音は、打撃を受けた人体がはなつ鈍い音だ。

男の顔が歪み、かくんと軸足がぶれる。それを待っていたように、ふらつく男の横っ面にテンプル打ちがはいった。男が倒れた隣にデジタルカメラが転がると、すかさずまあやのかかとが操作盤を砕いた。

「あー、ちょっと、きっつ」

まあやは、はっ、はっ、と真夏の犬のような息を吐いている。頭から水をかぶったように汗をかいていて、大きな胸が上下する。

透の上にかがみこんで、ロープをほどいてくれた。

「まあやさん、何者なんですか」

「そんなことといいから、さっさとふたりで逃げるよ」

「でも」

横からまあやの襟首をつかんだのは、トレーニングウェアの男だった。透に嚙まれた左手は血に染まり、傷口からは生々しい肉の色がのぞいている。

「くそアマ」

まあやのワンピースの襟元を右手でつかんで、どん、と壁におしつけた。後頭部を打ちつけたまあやが顔をしかめる。

次の瞬間、まあやはぴょんと足を曲げた。すとんと床に座りこむ。ジャージの男は、片腕でまあやの体重をささえきれず、前へつんのめった。当然そこには寝室の壁がある。ごっ、という音とともに部屋全体に振動が走った。

床にしゃがんだまあやは、休む間もなく、目の前にある男の股間に渾身(こんしん)のパンチをうちこんだ。

のたうちまわる男たちをしり目に、立ちあがったまあやは真っ赤な顔をしていた。膝に手をついて苦しげに肩で息をしている。

「私って、短期決戦、タイプ、なのよね。ちょっとタイム」

「大丈夫ですか」

透は自分の鞄に入れていた女物のカーディガンをとりだして、汚れた顔を拭き、腰にまいた。苦しげな様子のまあやにかけよる。

「パワーには、自信、あんだけどさ」

まあやは、さっきまでの鮮やかな戦闘が嘘のように弱々しく苦笑した。そのとき。

「う、うおおおっ」

パソコン係だった男が、倒れたついたての向こう側で仁王立ちになっていた。両手でしっかかと握っているのは金属バットだ。どこかに隠してあったのだろう。

「あーあ、女ひとりに、マジになっちゃってさ」

うんざりしたように、まあやが吐き捨てた。

透に顔を近づけてささやく。

「私が非常階段のほうにひきつけるから、あなたは後ろからあいつら押し出して、防火ドアを閉める。オーケー？」

「でも、それじゃまあやさんが」

「私は大丈夫」

自信ありげに胸をたたくが、完全に息があがっているのは透の目にもあきらかだった。

バットをふりあげた男がこちらに駆けてくる。まあやと透は寝室を出て、廊下を玄関のほうへ走った。

透は玄関を出てすぐに、扉の裏側にはりついた。

まあやは裸足（はだし）のまま、タイル張りの共有廊下を走り出した。バットの男は廊下を走るまあやを追っていく。さらにあとふたりの男が、ふらふらした足取りで、悪態をつきながら廊下を進んでいく。透は、そっと彼らのあとからついていった。

まあやは、香内の部屋の壁を通り過ぎ、非常階段に通じる防火ドアを開けた。ぐるぐると続く手すり付きの階段が現れた。踊り場の壁には、うちっぱなしのコンクリートに43の文字が大きくペイントされている。

防火ドアの外で、まあやが手すりにつかまって胸をおさえていた。ここまで走ってきて、もう限界なのだろう。

男たちは防火ドアの前で立ち止まった。とうとう、まあやを追いつめたと思ったのだろうか。バットをかまえてゆっくり距離をつめていく。透はそろり、そろり、と後ろから近寄った。

「今だ！」

まあやが叫んだ。

この状態で乱闘になっては、まあやは勝てない。男たちともみあいになって階段を落ちてしまうのではないだろうか。不安が透の足を止めさせる。

「いいから、私を信じなさい」

まあやが力強く言う。その目には、透へのゆるぎない信頼があった。

それを見た瞬間、透は体内に、自分のものではない熱い血液が送りこまれたような気がした。恐怖にこわばっていた体が力を取りもどす。

透は迷いを捨てた。助走をつけて、最後尾にいる男の背中を思いきり突きとばした。

「わ、なんだ、こいつ」

押した手をつかまれそうになる。とっさに透は口を開けて歯をむいた。さっき、仲間が手の平の肉をかじりとられたのを思い出したのか、男はあわてて手をひっこめて踊り場にころがり出た。

と、踊り場に立った男たちの体はつつーっ、と摩擦も抵抗もなく移動していく。まるでスケートリンクの上のようだ。

男のひとりが足に力を入れて、踏みとどまろうとした。が、つるん、とその足がはねあがって尻もちをついてしまう。そいつだけではない。残りのふたりもすべった。あわててつかんだ手すりも、まるでその手からのがれるように、するんとはずれる。

男のひとりが、黒目を小さくして透を見た。助けを乞うような困惑の目だ。透は言葉を失って、不思議な動きをする男たちをみつめていた。これではまるでコントだが、ふざけているわけではないようだ。

　まあやが手すりにつかまったまま、足の先でちょん、と男たちを蹴っとばすと、なんの抵抗もできずに三人は悲鳴をあげて階段からすべり落ちていった。

「ま、まあやさん、これって……」

「すっごいね。すべりごこち最高。さすがは業務用濃縮ローション」

　まあやはそろそろと慎重に歩いて、開いた扉の陰から灯油タンクそっくりのポリタンクを拾って透に見せた。透も見覚えがあった。脱衣所の棚にあったものだ。

　からになった容器をぽいっと階下へ投げ捨てる。

　男たちのうめき声をかき消すように、かん、からかん、と軽快な音が響きわたった。

【12】

「さあ、あんたの仲間はもうたたんじゃったし、そろそろ全部話してもらおうか」

辰巳は香内と向かいあっていた。リビングのソファだ。辰巳に揺り起こされた香内は、先刻蹴られた頭の後ろをしきりと手で抑えている。

透はバスルームでシャワーを浴びている。香内のクローゼットを勝手に開けて、着られそうな服を持たせてやった。人差し指の先から出血していたが、それ以外に大きな怪我はなさそうで、辰巳はほっとしていた。

「これ、みつけたんだけど」

香内の目の前に、青山光、と署名された借金の契約書を突きつけた。

「なんてサインさせたかしらないけど、契約なんて無効だから。ミハルは女子大学生なんかじゃなくて十七歳のDKだから」

「D、K……え、男子、高校生？」

香内が愕然（がくぜん）として目を見開いた。

辰巳は契約書を両手で持ち、びりびりとふたつに裂いていく。

「そもそも、あんたたちにオーダーかけた男性向けコスプレエステサロン『征服☆交情委員会』はこの前、歌舞伎町の一斉摘発ですでにあげられちゃってるしね」

「は？」

「だから、もうそのお店存在しないから。契約させても無駄だから。その風俗エステがホームページ管理を依頼してた会社があってさ、その会社は依頼元の店が警察にあげられたの知って、ＵＲＬとメールアドレスの使用権をよその業者に売り払ったんだよね。それを買い取ったのが、私が依頼したエージェント。全部あんたたちをひっかけるためにね」

人気のある風俗店のホームページのＵＲＬは、風俗関係のまとめサイトに載せられたり、あちこちの客のブラウザでブックマークされているはずだ。店名、デザイン、文面は差し替えるとしても、売り払う価値はあると管理会社はふんだのだろう。無論、本庁サイバー犯罪対策課勤務の大磯からの情報も役立っている。

さっきマンションの非常階段下に落とした男たちは、待ち構えていた原島に押さえ込まれているはずだ。通報も頼んである。あとは、もうしばらく香内をここに足止めすれば、所轄署から捜査員が来るだろう。辰巳はさりげなく壁の時計を確認した。

香内はうろたえた顔を見せたが、すぐにふてぶてしい態度に変わった。うすく笑いながら、目ではさげすむように辰巳を見た。

「だからなに？　私はあくまで、ミハルさんの力になりたかっただけよ」

「まだそんなこと言ってるの？」

「まあやさんだって作家でしょう？　わかってるじゃない。ハンドメイドなんて簡単には売れないって。プロ顔負けの卓抜した技術、とか、デザインの独創性とか、ちゃんと売り物になる価値が必要なの。そういうものを持ち合わせない凡人は、イメージ先行のブランディングや、マメな友達営業で売っていくしかない」

　辰巳は眉をひそめて香内をみつめる。

「私もそのひとりだって言いたいの？」

「あなたはよく頑張ってるじゃない。他の作家とせっせと交流して。でも、本当にものづくりを仕事にしたいなら、他人が欲しがるくらいのクオリティのものが作れるように真面目に精進するべきなのに。そんな努力はできないから、手っ取り早くイメージ戦略で売ろうとしちゃう。他人を出し抜いて楽な道を探そうとする」

　ずるいわよねー、と香内は噂話をする女子高生のように声を高めた。

「だから私みたいな、どこの誰ともわからない人間にだまされちゃうのよ」

　自業自得だわ、と香内は楽しげに言った。

　辰巳は腕を組んだまま香内をにらんでいる。

「だからって、無理矢理風俗に沈めてもいいってことにはならないでしょ」

　香内を挑発するように目を合わせていた辰巳は、しばらくして、ふっと口元に笑みをうかべた。

「悪いけど、私、調べてあるから、あなたがどこの誰だか少しは知ってるのよ。ここに来る前に、別のタワーマンションに住んでたことも。あの頃は、一家三人で楽しく暮らしてたんだよね。ねえ、娘の梨華ちゃんはどこ？　自宅に洋服のひと揃いも、靴もサンダルも一足もない、なんてことあるの？　ここには小学生の子が半年前まで住んでた形跡はない。あの子は山村留学なんかしてない。秩父にある旦那の実家にひきとってもらったんだよね。あなた、とっくに家庭崩壊してるんだよね」

　ぴくり、と香内の片頬がひきつった。それでもまだ、微笑みは消えていなかった。

「あなたが実績としてた化粧品や宝飾品の委託販売も、実際にはうまくはいかずに借金が残っただけだったんだよね」

「誰がそんなこと……中傷だわ」

　香内は辰巳から目をそらして、笑い飛ばそうとした。

「たいしたことじゃないわよ。あなたの昔の住所を調べて、ちょっと近辺で聞き込んだだけ。それだけでこれだけの情報出てくるんだよ。あなたに宝飾品の販売をさせてた卸元の会社についても調べてみた。この会社の役員、横領、詐欺容疑で何度も起訴されてるいわくつきの詐欺師じゃん。最初はあんたも、カモられた主婦だったわけだよね。それで、あんたはあの男たちと手を組んだの？」

今度こそ、香内の顔から笑みがひいた。詰問するように、辰巳の前に身を乗り出した。

「あなた、本当になんなの？」

「あら、名刺さしあげませんでしたっけ？『ハニー工房』のまあやですけど。でも本当言うと私だって、ハンクラ作家なんかじゃない。サクラ仕込んで作家のふりをしてただけ。クラージュの『発送おまかせサービス』を使えば、住所や氏名を隠したままで取引できるもんね。作品のレビューだって、IPアドレス解析したら、端末を替えただけで同じポイントからのアクセスだってすぐにばれるはず。お粗末なカラクリだよね。でもこれ、あんたが松下さやかをはめたのと、同じ手口なんだよね」

「松下さやか？……ああ、子持ちの主婦ね」

「あなたがあれこれ指導してお金使わせたあと、成果が出たように偽装したんだよね。ファンのフリして作品を購入して、レビューやコメントつけて。そうやって、あの人を人気作家気分で有頂天にさせて、さらなる欲目出させて食い物にしたんだよね」

辰巳の詰問に、香内は天井を仰いで笑いだした。

「面白かったあ。あの人、ふたこと目には『家族のために、ふたりの娘のために』って言うの。ハンドメイドで稼ぎたいのも、ご主人に迷惑かけずに無理せず働きたいから、なんて。それが欺瞞なんだって、いつまでも気がつかないの」

　香内は顔を辰巳の前に戻した。足を組み、自分の膝に頬杖をつくと大きく息を吐いた。その様子は、疲れのたまった中年女そのものだった。

「いい妻でいたい、いいママでいたい。だから、自宅でできることで起業したい。私のセミナーに来る人はみんなそう言う。でも家族がいてくれるだけで幸せ、なんて全部嘘。本当はみんな、家族につくす『名もなき誰か』でいることに耐えられないくせに。他人を押しのけて特別ななにかになりたくってたまらないくせに。他人からの承認にあさましいほど飢えてるくせに。そんな自分の欲望を素直に認めることができないでいる」

　侮蔑の混じった口調だった。

「松下さやかも、家族への愛と承認欲求の板挟みで、最後はわけがわからなくなってたわね。借金がたてこんで、パニックになって泣きついてきたから、いい仕事を紹介してあげただけよ。若くて肌の手入れのいい人妻ってなかなかの物件なのよ。他人のものを金の力で寝取るのが楽しいっていう連中が面白がって買うの」

　ひやかすようにつぶやく。

　そして、香内はふと真顔になった。一瞬、視線が中空をさまよい、娘の絵に吸い寄せられた。無邪気なクレヨンの筆致を見て、ふてぶてしい表情が、一瞬心もとなく揺らいだ。

「でも私だってわかるのよ。そういう変な自意識。……私も小さいときから、ちゃんとしなさいって言われてた。みんなに褒められるいい子になりたかった。だから、親が勧める進路を歩んで、堅実な職業の夫と結婚した。高価なマンションに住んで、環境のいい場所で娘を育てる。全部完璧だったはずなのに。なのに、娘が幼稚園に入って、私が外で働こうとすると、まわりの主婦はひそひそ噂し始めた。そんなの梨華ちゃんが可哀想よって。あのマンションに住んでる家庭は、うちよりずっと裕福だったんだってやっと気がついた。だけどもう遅かった。

私が化粧品や宝石の委託販売とか、無謀な起業を始めたのは、まわりに可哀想って思われずに働く方法がほかにみつからなかったから。見下されずに生きていきたかったから。セミナーに来るみんなと同じ。誰から見ても、いい妻でいいママでいたかったから」

「あなたは自分の置かれた現実が受け入れられなかっただけでしょ。そういうのを、『虚栄心』って呼ぶんだよ」

辰巳は突き放すように言った。

「そうね。そんなことにこだわるの、くだらなかったわね。実際には商売のやり方なんて知らなかったし、地道な営業努力もできなかった。ただ成功している人のふりをすることに必死で、演技だけが日々上手になっていった」

香内は首をめぐらせ、あたりを見まわした。贅沢な調度品。ランチの名残のハーブの香り。マイセンのコーヒーセットと評判の店のスイーツ。それらをなんの感情もない顔で見渡していく。やがて窓の外にひろがる海に行き着いた。

「私ね、借金とりに自宅に踏みこまれて、夫に見捨てられて、全てを失ったとき、やっと気がついたの。私が本当になりたかったものは、いい子じゃなかった。評判のいい奥さんや、やさしいママなんかじゃなかった。私には、なりたいものなんかなかった。私は、ずっとずっと『私』になりたかった。見栄っ張りで、努力するのが嫌で、嫉妬深くて欲張りで、いいかげん。そんな剝きだしの『私』のままで生きてみたかった」

「醜悪」

「そうね。醜いアヒルの子。白鳥になりなさいって言われてきたけど。でも他人の美意識のために水面下でもがき続ける人生に、どんな意味があるの」

辰巳は一抹の憐れみをこめて香内を見下ろしていた。

「本庄怜香はどうだったのよ。あの子もあなたがはめたんでしょ」

一瞬、香内はけげんな顔をした。

「本庄怜香？」

そしてすぐに、思い出した様子で含み笑いをした。

「ああ、あの意識高い系女子大生ね。あの子も意外と簡単だったわね。私、大学生もいいカモになるって思ったのよね。今までなに不自由なく暮らしてきたお嬢さまが、就職活動を機に自分の人生を考えるじゃない。そして女子のキャリアの壁を知る。

どっかの企業に就職して、結婚、出産。で、育児休暇のあとは保育園探しに苦労する、あるいはワンオペ育児でノイローゼになりそうになる、とか。結婚や出産をしなければしないで、親や親戚にあれこれ言われて肩身が狭い。そんなこの国の息苦しさに幻滅した女子大生をターゲットにDMを送るの。『あなたはもっと自分らしい生き方ができる』『主婦の私でも起業できた』って。秘密が知りたかったら、女性の生き方を考えるセミナーに来てねって」

香内は少し同情するように、眉を寄せて微笑んでいた。

「あの子たちって、問題意識持ってる自分は特別だって思いたがるのよね。他の女性とは違う、もっと自由な生き方ができるはずって思ってる。そのくせ、主婦なんか見下してるから、専業主婦の私でも成功した、なんてきくと若くて賢い自分ならもっと成功できるはずって簡単に考える」

あーあどうしようもない、と言いたげにがっかりした口調でぼやく。

「もちろん、就職しないで自由でオリジナリティある生き方だってできる。でも、それってすごくリスキーで残酷な世界で生き残るってことなのに。そこからは目をそらすんだよね。自分の信じたいことだけ信じたいわよね。——そんな甘ったれたこと考えてるから、私なんかにだまされるのよ」

憎々しげに言う香内の声には、怒りがあった。被害者を語る香内の言葉には、いつも軽蔑と同時になにかへのいらだちと怒りが潜んでいる。

彼女の罪は何者かへの復讐だったのだろうか、と辰巳はぼんやり考えていた。

かつて狡猾（こうかつ）な男にだまされて家庭を失い、今もこんなことを生業（なりわい）にしている自分への怒りだろうか。だから自分によく似た愚かな女たちを、同情しながらも嫌悪しているのだろうか。

それとも、もっと違うものに対して怒っているのだろうか。

自分たちの運命を狂わせたなにかに。

正体のつかめない、ふんわりとして残酷ななにかに。

遠くでパトカーのサイレンがきこえる。獣の遠吠えに似た音が徐々に近づいてくる。

辰巳は立ちあがった。退場の時間が近づいている。透と原島を連れてここを去らねばならない。

かつてのカリスマ主婦起業家に、とどめを刺すように辰巳はささやいた。

「お迎えみたいね」

警視庁はじめ各県警に、正規の捜査費用と別に裏金がプールされているのは公然の秘密だ。接待費などといってスクープされることもあるが、実際には情報を買うための金だ。

刑事が子飼いの情報提供者に、捜査費以外から謝礼を支払っているのは誰でも知っている。最近の刑事ドラマならエスなどと呼ばれる存在だ。小規模だが所轄署でもそれは行われている。手柄をあげるための必要悪なのだろう。

かつて敏腕刑事として活躍し、裏社会にも精通していて、あちこちの刑事に情報を提供して渡り歩いてきた大物のエスがいる。もう老境といってもおかしくない年齢だが、彼がおかしなエージェント集団を立ち上げた。それを利用すれば、本来捜査権のない事案でも、彼を介して担当所轄署の刑事へ売り込むことができる。利用に値する情報なら、その署の裏金から情報提供の謝礼として活動費用をペイしてもらえる。この件はそれでいこう、と辰巳は考えたのだ。

依頼は成功だ。辰巳は満足していた。

さて、彼らに「特別な報酬」を用意しなくては。

【13】

深見は自宅で、スマートフォンにメッセージを入力していた。画面上部に貼ったマスキングテープには「ランサーズ　ピスケス↓ウィルゴ、山羊」と書いてある。

ピスケス>>なんかいろいろあったんだって？　ウィルゴ無事なの？

ウィルゴ>>おかげさまでなんとか。

それぞれのランサーがどんな生活をしているのかは知らないが、夜はみんな返信が早い。

ピスケス>>言ってなかったけど、俺、風俗店のメアド使って、あんたの外見に合わせてあやしい事務所に風俗スカウトのオーダーかけてた。最初におとりだって言わなくて、ごめんな。

ウィルゴ＞＞結局、今回の仕事は、僕が潜入するんじゃなくて、依頼者まあやが香内のサロンに潜入するための協力者になるってことだったんですね。

山羊＞＞そうなりますね。

ピスケス＞＞本来は、立案担当のあんたがちゃんと説明することだよな。

山羊＞＞今回は仕方ありません。依頼者の匿名性を保つためです。

ピスケス＞＞大丈夫？　これで懲りちゃってない？

ウィルゴ＞＞いろいろ考えることはあったんですけど。でもやっぱり僕は仕事をもらえるかぎり、ここで続けていきたいと思います。僕の特技を必要としてもらえるのは嬉しいので。

山羊＞＞おふたりには、リブラが内容を精査したあと、報酬についてそれぞれ新しいレポートを送ります。確認してください。

ピスケス＞＞お疲れさん。ここでふたりと話をするのは、今回はこれで最後かな。

ウィルゴ＞＞ピスケスさんもお疲れさまでした。

ピスケス＞＞でもウィルゴが、プロの風俗スカウトもだませるようなすげえ美人なんだったら、いっぺん会ってみたい気がするなあ。

リブラさんがリブラさんを招待しました

リブラ＞＞注意「接触無用」
ピスケス＞＞はやっ。リブラ、冗談だよ。会いませんて。だって俺、会ってもどうせ普
　通に話もできないんだからさ。
ウィルゴ＞＞ピスケスさん？
ピスケス＞＞なんでもないよ。リブラが怒るからこの話はやめにしよう。じゃあ、また、
　なにかの仕事のときにね。
ウィルゴ＞＞またそのときは、よろしくお願いします。

　山羊が退出しました
　ウィルゴが退出しました
　リブラが退出しました
　ピスケスが退出しました

　深見は、満足そうに微笑んでスマートフォンをパソコンデスクの脇のワゴンに載せた。
座っていた椅子をくるりと回してパソコンデスクに向かう。今日も仕事だ。
　ふと報酬の話を思い出した。今回潜入に体を張ったのはウィルゴで、サポートにまわ

った自分はギャラが少なくなるだろう。しかし、そんなことは大した問題ではない。

深見には、自分ひとり生きていくには充分の収入がある。依頼をこなすことに勝負事のようなスリルをあじわっていることを否定はしないが、ランサーを続けているのは、あの事件に関する「特別な報酬」を得るためだ。

与田をそそのかした本当の黒幕に近づくためだ。

かたちのない悪意。今のままでは、怒りをぶつける矛先さえない。しかし、地道にパズルのピースを集めていけば、いつかそれが人の姿となってうかびあがるときが来る。そいつがまた誰かを陥れようとしていたとき、自分たちの存在は抑止力になるだろう。

たとえ自分たちの活動が表に出ることがなくとも、新しく起こる悲劇を食い止めることができれば——それは深見の抱えている苦しみに意味を与えてくれるだろう。

生きる意味は、いつも未来にある。

深見は、気合いを入れるようにひとつ深呼吸をした。

アラート音がして、仕事用のチャットアプリのウィンドウが開いた。

植竹＞＞深見さん、ＧＲシリーズまた修正が入りました。工数が足りなくてやばいです。

　助けてください！

やれやれと、ため息をついてデスクに肘をつき、続くメッセージを待った。

エピローグ

地下鉄の階段を上っていくスーツの列。その中にうめこまれた透も、歯車のように一定の速度で一段一段あがっていった。

ほの暗い地下鉄の階段から歩道に出ると、強い日差しとともに梅雨明けの暑さが肌を焼いた。寒いほど冷房がきいていた電車内との温度差に、一気に毛穴が開く気がした。額に汗がにじみ出す。

透は裁判所へ向かう人波からはなれて、日比谷公園へ向かっていた。木々はこんもりと枝を茂らせて、涼しげな木陰をつくっている。遠くから見ても、目にしみるような緑色だった。

「みんな、おててつないで。道わたるよー」

女性の声が響く。お揃いの黄色い帽子をかぶって手をつないだ十人ほどの小さな列が続く。官庁街にそびえるビル群。その谷間のような道を、保育園のお散歩の列が伸びたり縮んだりしながらゆっくり進んでいく。

邪魔しないようそっと隣を追い越して、透はかつて礼門と話をした藤棚を目指した。寒い頃はやたらと暗くて深そうに見えていた池は、いつのまにか梨子地（なしじ）の盆のように、さざ波をきらきら光らせていた。

池の向こう岸を見る。あの日、蔓しか残っていなかった藤棚は、今は葉をぎっしりとつけて巨大な豆のさやみたいな実をぶら下げていた。その下のベンチには、オリーブグリーンの半袖シャツを着た老人がひとり腰かけている。若い頃、武道でもおさめたのだろうか、遠目にもすっと背筋の伸びた上品なたたずまいだった。

（代理人じゃなかった）

その姿を見て、透は安堵（あんど）で少し目がうるんだ。

池の向こう側から大きく手を振った。嬉しくて微笑んでいた。恥ずかしさが先だって、今までクラスメイトにも家族にも、こんな開放的な姿を見せたことはない。

（きっと、彼が僕の友人になったんだ）

まだらに落ちる木漏れ日の下を、透はいつのまにか駆けていた。

礼門は少し痩せたように見えた。ベンチにはスラックスに包まれた足とともに、折りたたみ式の杖が立てかけてあった。

透を見て礼門は一瞬顔をしかめた。眉をさげ、糸のように目を細めて、くしゃっと丸められた顔には、すぐに気丈な笑顔がひろがる。

「ずいぶん怖い目にあったようですが、もう大丈夫ですか。夢に出てきたりはしていませんか。あらかじめ忠告しておけばよかったですね」

礼門は心配そうに言った。

「僕は平気です。びっくりしましたけど。あれが誰かの役に立ったのならいいんですが」

透は隣に腰かけた。礼門は池のほうを向いて世間話のように続けた。

「警察にタレコミがあったらしいですよ。強引なやり口でトラブルの絶えない風俗スカウトの事務所があって、前からあちこちの所轄の生活安全課でブラックリストに名前があがっていたようです。しかし、なかなか実態がつかめないのと、被害者が名乗り出てこないので、手をこまねいていたようです」

そこでわざとらしい声音をつけた。

「それが先日、監禁、暴行している現場の録音音声が所轄署に届けられたそうです。今頃、音声分析にまわされているんじゃないですかねえ。被害者はなぜか未成年の男性のようですけどね」

礼門はふふ、と口元をゆるめた。

「早くつかまるといいです。それでたくさんの人がほっとしてくれるといいなあ」

透は胸を張り、背筋をのばした。

「山羊さん、今日は、特別な報酬をいただきに来ました。音声の録音、ちゃんと遂行しましたからね」

　まあやの織姫シリーズのバッグチャームだ。あれがレコーダーになっていた。

「そうですね。例の報酬は手渡しでと言いましたからね」

　礼門は、脇に置いていた黒革のブリーフケースから透明の袋を出した。セロファンの袋に紙片が入っていた。表に写真が添付されている。

「依頼人もさすがに証拠品の現物は持ち出せないそうなので、写しで勘弁してほしいと」

　透はそれを手にとってじっくりと見た。

　写真に写っているのは、ちぎられた紙切れだ。レストランの伝票のように細長い。なにかの裏紙のようで、表側に表のようなものが印刷されているのが透けていた。

　写真に写っている裏面には、かすれかけたボールペンの走り書きがある。ひどく乱れていたが、姉の光の筆跡によく似ていた。

「その紙は、アートライフモール二階北側女子トイレの清掃表だそうです。君が連れていた小学生の女の子がその紙を持っていたんです。その子は大人に会ったら渡すように光さんから言いきかされていたと」

　透は思い出した。子供の名前や連絡先でも書いてあるのかと、勝手に思っていたものだ。

「受け取った警備員は、すぐにそれを警察関係者に渡したそうです。事件の担当者はそれを上層部に届け、その後は事件の対応や事後処理に追われ、あなたがたに内容を報せることができないままになってしまっていたそうです」

透はセロファンの袋を開けて、写真をよくながめた。

「その写真では書いてある文字は読みとりにくいと思うので、内容は紙のほうにうつしてあります」

添付されているふたつ折りのコピー用紙をひらいた。

きれいに印字された文字が並んでいた。

『犯人はひとりです。武器は充電式の銃みたいですが、何なのかはよくわかりません。人質はこの子供たちを抜いて二十二人です。この子たちと一緒にいるネルのシャツを着た男の子は、私の弟です。弟はきっと私のところへ戻ろうとすると思います。絶対にはなさないでください。弟を戻らせないで。彼の手をつかまえていてください』

光の声がよみがえる。命令口調のうるさい声だ。

――透！　ちゃんと手をつながなきゃダメでしょ。

（あんなときまで。ほんとに口癖なんだな）

笑おうとして喉の奥に熱い塊がこみあげた。

家族を守りたかったのは、自分だけではなかった。姉もまた、透を守りたかったのだ。

（わかってるよ。ちゃんとつないでるよ）

透は声にしない声で語りかける。もう届かない人へ。

（この世界とも、姉ちゃんとも、ちゃんと手をつないでるんだ。そんなつなぎかたが、僕にもやっとわかってきたんだ）

僕だっていつまでも子供じゃないんだよ、と透は思った。今の透は、姉と同じ十七歳になっていた。

紙の上の文字が、くねくねと揺れて見えた。瞬きをすると、ほんの少し視界が明瞭になって、手と紙の上に熱い水滴が落ちた。

視界はまたにじむ。涙が落ちる。何度も、何度も。

「よく頑張りましたね」

嗚咽する透の肩に、ひからびた礼門の手がそっとのせられた。いたわるように上下に動く。

休みなく響くセミの声の中で、透は静かに泣いていた。

本書は、小説投稿サイト「エブリスタ」に掲載された
「ＡＢＣランサーズ」を大幅に加筆・修正したオリジナル文庫です。

集英社文庫　目録（日本文学）

沢木耕太郎　天涯4　砂は誘い　塔は叫ぶ
沢木耕太郎　天涯5　風は踊り　星は燃え
沢木耕太郎　天涯6　雲は急ぎ　船は漂う
沢木耕太郎　オリンピア　ナチスの森で
澤田瞳子　泣くな道真　大宰府の詩
澤宮優　炭鉱町に咲いた原貢野球　三池工業高校・甲子園優勝までの軌跡
澤宮優　スッポンの河さん　伝説のスカウト河西俊雄
沢村基　たとえ君の手をはなしても
サンダース・宮松敬子　カナダ生き生き老い暮らし
三宮麻由子　鳥が教えてくれた空
三宮麻由子　そっと耳を澄ませば
三宮麻由子　ロング・ドリーム　願いは叶う
三宮麻由子　世界でただ一つの読書
椎名篤子・編　凍りついた瞳(め)が見つめるもの
椎名篤子　親になるほど難しいことはない
椎名篤子　新 凍りついた瞳(め)　「子ども虐待」のない未来への挑戦

椎名篤子　「愛されたい」を拒絶される子どもたち　虐待ケアへの挑戦
椎名誠　地球どこでも不思議旅
椎名誠・選　素敵な活字中毒者
椎名誠　インドでわしも考えた
椎名誠　全日本食えばわかる図鑑
椎名誠　岳物語
椎名誠　続 岳物語
椎名誠　菜の花物語
椎名誠　シベリア追跡
椎名誠　零下59度の旅
椎名誠　ハーケンと夏みかん
椎名誠　さよなら、海の女たち
椎名誠　白い手
椎名誠　パタゴニア
椎名誠　草の海
椎名誠　喰(くう)寝(ねる)呑(のむ)泄(だす)

椎名誠　アド・バード
椎名誠　はるさきのへび
椎名誠・編著　蚊學ノ書
椎名誠　麦の道
椎名誠　麦酒(ビール)主義の構造とその応用胃学
椎名誠　あるく魚とわらう風
椎名誠　風の道 雲の旅
椎名誠　かえっていく場所
椎名誠　メコン・黄金水道をゆく
椎名誠　砂の海 風の国へ
椎名誠　砲艦銀鼠号
椎名誠　草の記憶
椎名誠　ナマコのからえばり
椎名誠　大きな約束
椎名誠　続 大きな約束
椎名誠　本日7時居酒屋集合！　ナマコのからえばり

集英社文庫　目録（日本文学）

- 椎名　誠　コガネムシはどれほど金持ちか　ナマコのからえばり
- 椎名　誠　人はなぜ恋に破れて北へいくのか　ナマコのからえばり
- 椎名　誠　下駄でカラコロ朝がえり　ナマコのからえばり
- 椎名　誠　笑う風 ねむい雲
- 椎名　誠　うれしくて今夜は眠れない　ナマコのからえばり
- 椎名　誠　三匹のかいじゅう
- 椎名　誠　流木焚火の黄金時間　ナマコのからえばり
- 椎名　誠　どーしてこんなにうまいんだあ！
- 椎名　誠　ソーメンと世界遺産　ナマコのからえばり
- 椎名　誠　カツ丼わしづかみ食いの法則　ナマコのからえばり
- 椎名　誠　単細胞にも意地がある　ナマコのからえばり
- 椎名　誠　孫物語
- 椎名　誠　おなかがすいたハラペコだ。
- 椎名誠　北上次郎編　椎名誠［北政府］コレクション
- 椎名誠　目黒考二　本人に訊く〈壱〉　よろしく懐旧篇
- 塩野七生　ローマから日本が見える
- 塩野七生　アントニオ・シモーネ　ローマで語る
- 志賀直哉　清兵衛と瓢簞・小僧の神様
- 篠田節子　絹の変容
- 篠田節子　神鳥（イビス）
- 篠田節子　愛逢い月（めであいづき）
- 篠田節子　女たちのジハード
- 篠田節子　インコは戻ってきたか
- 篠田節子　百年の恋
- 篠田節子　聖域
- 篠田節子　コミュニティ
- 篠田節子　アクアリウム
- 篠田節子　家鳴り（やなり）
- 篠田節子　廃院のミカエル
- 篠田節子　弥勒
- 司馬遼太郎　歴史と小説
- 司馬遼太郎　手掘り日本史
- 柴田錬三郎　柴錬水滸伝　われら梁山泊の好漢(一・二・三)
- 柴田錬三郎　英雄三国志一　義軍立つ
- 柴田錬三郎　英雄三国志二　覇者の命運
- 柴田錬三郎　英雄三国志三　三国鼎立
- 柴田錬三郎　英雄三国志四　出師の表
- 柴田錬三郎　英雄三国志五　攻防五丈原
- 柴田錬三郎　英雄三国志六　夢の終焉
- 柴田錬三郎　われら九人の戦鬼(上)(下)
- 柴田錬三郎　新篇　眠狂四郎京洛勝負帖
- 柴田錬三郎　新編　剣豪小説集　梅一枝
- 柴田錬三郎　徳川三国志
- 柴田錬三郎　新編　武将小説集　男たちの戦国
- 柴田錬三郎　柴錬の「大江戸」時代小説短編集　花は桜木
- 柴田錬三郎　チャンスは三度ある
- 柴田錬三郎　眠狂四郎異端状
- 柴田錬三郎　貧乏同心御用帳

集英社文庫　目録（日本文学）

柴田錬三郎　御家人斬九郎
柴田錬三郎　真田十勇士㈠　運命の星が生れた
柴田錬三郎　真田十勇士㈡　烈風は凶雲を呼んだ
柴田錬三郎　真田十勇士㈢　ああ！輝け真田六連銭
柴田錬三郎　眠狂四郎孤剣五十三次(上)(下)
柴田錬三郎　眠狂四郎独歩行(上)(下)
柴田錬三郎　眠狂四郎殺法帖(上)(下)
地曳いく子　50歳、おしゃれ元年。
地曳いく子／槇村さとる　ババア上等！　大人のおしゃれDO! & DON'T!
島尾敏雄　島の果て
島﨑今日子　安井かずみがいた時代
島崎藤村　初恋―島崎藤村詩集
島田明宏　ダービーパラドックス
島田明宏　キリングファーム
島田明宏　ジョッキーズ・ハイ
島田裕巳　0(ゼロ)葬――あっさり死ぬ
島田雅彦　自由死刑
島田雅彦　カオスの娘
島田雅彦　英雄はそこにいる　呪術(シャーマン)探偵ナルコ
島田洋七　がばいばあちゃん　佐賀から広島へ　めざせ甲子園
島村洋子　恋愛のすべて。
島本理生　よだかの片想い
島本理生　イノセント
志水辰夫　あした蜉蝣(かげろう)の旅(上)(下)
志水辰夫　生きいそぎ
志水辰夫　みのたけの春
清水義範　偽史日本伝
清水義範　迷宮
清水義範　開国ニッポン
清水義範　日本語の乱れ
清水義範　新アラビアンナイト
清水義範　イマジン
清水義範　夫婦で行くイスラムの国々
清水義範　龍馬の船
清水義範　シミズ式　目からウロコの世界史物語
清水義範　信長の女
清水義範　夫婦で行くイタリア歴史の街々
清水義範　会津春秋
清水義範　夫婦で行くバルカンの国々
清水義範　ｉｆの幕末
清水義範　夫婦で行く旅の食日記　世界あちこち味巡り
清水義範　夫婦で行く意外とおいしいイギリス
清水義範　夫婦で行く東南アジアの国々
下重暁子　鋼(はがね)の女(ひと)　最後の瞽女・小林ハル
下重暁子　不良老年のすすめ
下重暁子　「ふたり暮らし」を楽しむ　不良老年のすすめ
下重暁子　老いの戒め
下川香苗　はつこい

集英社文庫　目録（日本文学）

下村一喜	美女の正体
朱川湊人	水銀虫
朱川湊人	鏡の偽乙女 薄紅雪華紋様
小路幸也	東京バンドワゴン
小路幸也	シー・ラブズ・ユー 東京バンドワゴン
小路幸也	スタンド・バイ・ミー 東京バンドワゴン
小路幸也	マイ・ブルー・ヘブン 東京バンドワゴン
小路幸也	オール・マイ・ラビング 東京バンドワゴン
小路幸也	オブ・ラ・ディ オブ・ラ・ダ 東京バンドワゴン
小路幸也	レディ・マドンナ 東京バンドワゴン
小路幸也	フロム・ミー・トゥ・ユー 東京バンドワゴン
小路幸也	オール・ユー・ニード・イズ・ラブ 東京バンドワゴン
小路幸也	ヒア・カムズ・ザ・サン 東京バンドワゴン
小路幸也	ザ・ロング・アンド・ワインディング・ロード 東京バンドワゴン
小路幸也	ラブ・ミー・テンダー 東京バンドワゴン
白石一文	彼が通る不思議なコースを私も
白石一文	光のない海
白河三兎	私を知らないで
白河三兎	もしもし、還る。
白河三兎	十五歳の課外授業
白澤卓二	100歳までずっと若く生きる食べ方
城山三郎	臨3311に乗れ
辛永清	安閑園の食卓 私の台南物語
辛酸なめ子	消費セラピー
新庄耕	狭小邸宅
新庄耕	ニューカルマ
真堂樹	帝都妖怪ロマンチカ ～猫又にマタタビ～
眞並恭介	牛と土 福島、3.11その後。
神埜明美	相棒はドM刑事 ～女刑事・海月の受難～
神埜明美	相棒はドM刑事2 ～事件はいつもアブノーマル～
神埜明美	相棒はドM刑事3 ～横浜誘拐紀行～
真保裕一	ボーダーライン
真保裕一	誘拐の果実(上)(下)
真保裕一	エーゲ海の頂に立つ
真保裕一	猫背の虎 大江戸動乱始末
真保裕一	ダブル・フォールト
周防柳	八月の青い蝶
周防柳	逢坂の六人
周防柳	虹
周防正行	シコふんじゃった。
杉本苑子	春日局
杉森久英	天皇の料理番(上)(下)
杉山俊彦	競馬の終わり
鈴木遥	ミドリさんとカラクリ屋敷
鈴木美潮	昭和特撮文化概論 ヒーローたちの戦いは報われたか
瀬尾まいこ	おしまいのデート
瀬尾まいこ	春、戻る
瀬川貴次	波に舞ふ舞ふ 平清盛

集英社文庫　目録（日本文学）

瀬川貴次	ばけもの好む中将 平安不思議めぐり
瀬川貴次	闇に歌えば 文化庁特殊文化財課事件ファイル
瀬川貴次	ばけもの好む中将 弐 姑獲鳥と牛鬼
瀬川貴次	ばけもの好む中将 参 天狗の神隠し
瀬川貴次	ばけもの好む中将 四 踊る大菩薩寺院
瀬川貴次	暗夜鬼譚 春宵白梅花
瀬川貴次	ばけもの好む中将 伍 冬の牡丹燈籠
瀬川貴次	暗夜鬼譚 遊行天女
瀬川貴次	ばけもの好む中将 六 美しき獣たち
瀬川貴次	暗夜鬼譚 夜叉姫恋変化
瀬川貴次	ばけもの好む中将 七 花鎮めの舞
瀬川貴次	暗夜鬼譚 血染雪乱
瀬川貴次	ばけもの好む中将 八 恋する舞台
関川夏央	石ころだって役に立つ
関川夏央	「世界」とはいやなものである 東アジア現代史の旅
関川夏央	現代短歌そのこころみ
関川夏央	女流 林芙美子と有吉佐和子
関川夏央	おじさんはなぜ時代小説が好きか
関口尚	プリズムの夏
関口尚	君に舞い降りる白
関口尚	空をつかむまで
関口尚	ナツイロ
関口尚	はとの神様
関口尚	明星に歌え
瀬戸内寂聴	私小説
瀬戸内寂聴	女人源氏物語 全5巻
瀬戸内寂聴	あきらめない人生
瀬戸内寂聴	愛のまわりに
瀬戸内寂聴	寂聴 生きる知恵
瀬戸内寂聴	一筋の道
瀬戸内寂聴	寂庵浄福
瀬戸内寂聴	寂聴巡礼
瀬戸内寂聴	晴美と寂聴のすべて1（一九二二～一九七五年）
瀬戸内寂聴	晴美と寂聴のすべて2（一九七六～一九九八年）
瀬戸内寂聴	わたしの源氏物語
瀬戸内寂聴	寂聴源氏塾
瀬戸内寂聴	寂聴仏教塾
瀬戸内寂聴	まだもっと、もっと 晴美と寂聴のすべて・続
瀬戸内寂聴	わたしの蜻蛉日記
瀬戸内寂聴	寂聴辻説法
瀬戸内寂聴	ひとりでも生きられる
瀬戸内寂聴	求愛
曽野綾子	アラブのこころ
曽野綾子	人びとの中の私
曽野綾子	辛うじて「私」である日々
曽野綾子	狂王ヘロデ
曽野綾子	観月観世 或る世紀末の物語
平安寿子	恋愛嫌い

集英社文庫　目録（日本文学）

平安寿子　風に顔をあげて
平安寿子　幸せ嫌い
高倉健　あなたに褒(ほ)められたくて
高倉健　南極のペンギン
高嶋哲夫　トルーマン・レター
高嶋哲夫　M8(エムエイト)
高嶋哲夫　TSUNAMI 津波
高嶋哲夫　原発クライシス
高嶋哲夫　東京大洪水
高嶋哲夫　震災キャラバン
高嶋哲夫　いじめへの反旗
高嶋哲夫　交錯捜査　沖縄コンフィデンシャル
高嶋哲夫　ブルードラゴン　沖縄コンフィデンシャル
高嶋哲夫　富士山噴火
高嶋哲夫　楽園の涙　沖縄コンフィデンシャル
高嶋哲夫　レキオスの生きる道　沖縄コンフィデンシャル

高杉良　管理職降格
高杉良　小説　会社再建
高杉良　欲望産業(上)(下)
高野秀行　幻獣ムベンベを追え
高野秀行　巨流アマゾンを遡(さかのぼ)れ
高野秀行　ワセダ三畳青春記
高野秀行　怪しいシンドバッド
高野秀行　異国トーキョー漂流記
高野秀行　ミャンマーの柳生一族
高野秀行　アヘン王国潜入記
高野秀行　怪魚ウモッカ格闘記　インドへの道
高野秀行　神に頼って走れ！　自転車爆走日本南下旅日記
高野秀行　アジア新聞屋台村
高野秀行　腰痛探検家
高野秀行　辺境中毒！
高野秀行　世にも奇妙なマラソン大会

高野秀行　またやぶけの夕焼け
高野秀行　未来国家ブータン
高野秀行　謎の独立国家ソマリランド　そして海賊国家プントランドと戦国南部ソマリア
高野秀行　恋するソマリア
高野秀行・清水克行　世界の辺境とハードボイルド室町時代
高橋一清　編集者魂　私の出会った芥川賞・直木賞作家たち
高橋克彦　完四郎広目手控
高橋克彦　天狗殺し　完四郎広目手控II
高橋克彦　いじん幽霊　完四郎広目手控III
高橋克彦　文明怪化　完四郎広目手控IV
高橋克彦　不惑剣　完四郎広目手控V
高橋源一郎　ミヤザワケンジ・グレーテストヒッツ
高橋源一郎　競馬漂流記　では、また、世界のどこかの観客席で
高橋源一郎　銀河鉄道の彼方に
高橋千劔破　江戸の旅人　大名から逃亡者まで30人の旅
高橋三千綱　和三郎江戸修行　脱藩

集英社文庫

たとえ君の手をはなしても

2019年9月25日 第1刷　　定価はカバーに表示してあります。

著 者　沢村 基
発行者　徳永 真
発行所　株式会社 集英社
東京都千代田区一ツ橋2-5-10 〒101-8050
電話 【編集部】03-3230-6095
【読者係】03-3230-6080
【販売部】03-3230-6393(書店専用)

印 刷　株式会社 廣済堂
製 本　株式会社 廣済堂

フォーマットデザイン　アリヤマデザインストア　　マークデザイン　居山浩二

ISBN978-4-08-744031-7 C0193